러블로그

제14회 세계문학상 우수상

러블로그

초판 1쇄 인쇄 2018년 6월 1일
초판 1쇄 발행 2018년 6월 8일

지은이 우희덕
펴낸이 이수철
본부장 신승철
편 집 하지순
교 정 박은경
디자인 이다은
마케팅 정범용
관 리 전수연

펴낸곳 나무옆의자
출판등록 제396-2013-000037호
주소 서울시 마포구 성미산로1길 67 다산빌딩 3층
전화 02) 790-6630 팩스 02) 718-5752

페이스북 www.facebook.com/namubench9
인쇄 제본 현문자현 종이 월드페이퍼

ISBN 979-11-6157-035-8 03810

* 나무옆의자는 출판인쇄그룹 현문의 자회사입니다.

* 이 도서의 국립중앙도서관 출판예정도서목록(CIP)은 서지정보유통지원시스템
홈페이지(http://seoji.nl.go.kr)와 국가자료공동목록시스템(http://www.nl.go.kr/kolisnet)에서
이용하실 수 있습니다. (CIP제어번호 : CIP2018016249)

제14회
세계문학상
우수상

러블로그

Love Blog, Love Log

삶의 가장자리에서,

가장 낮은 자리에서 살아온 이들에게

내가 가진 행운의 절반을 기꺼이 건넬 수 있기를.

그 행운이 모두 쪼개져 내가 더 이상 글을 쓸 수 없을 때까지.

— 우상문, 박종명 님을 떠올리며

차례

D-7 커피, 카피, 코피

그날이 다가오고 있었다.

최악의 하루가 또 한 번 갱신됐다. 신용카드 갱신 거절은 일도 아니었다. 신용등급은 불량배가 형님, 하며 고개를 숙였다. 오랜 친구는 오늘 어제의 친구가 됐다. 그 사람 죽었습니다, 초면에 실례가 많습니다, 그런데 뉘신지, 라며 나를 외면했다. 거두절미하고 거절되지 않는 일은 신을 만날 날이 하루 더 다가왔다는 것이 유일했다.

사는 게 아니었다. 연명은 삶의 재생이라기보다는 죽음의 유예였다. 주민등록은 서류상으로만 존재했고, 실상은 두 다리를 붙일 곳 없는 말소 상태였다. 인상 좋은 집주인이 내 몸값을 두 배 인상했다. 시간은 어둠이 됐다.

모든 것은 원고가 만들어낸 이야기였다.

그것은 하나의 점에서 시작됐지만, 줄곧 마침표를 찍지 못했다. 며칠째 원고 채택은 무산됐다.

인생은 하나의 이야기였다. 인생은 그런 것이고, 그런 게 인생이었다. 애초에 생사여탈의 권리는 남이 쥐고 있었다. 그가 나를 소환했다. 재계약 결정을 불과 일주일 남겨둔 시점이었다. 원고는 내 손을 떠나 있었다.

"오, 근래에 보기 드물게 문장에 군더더기가 없어……."

얼마간 유심히 원고를 살피던 편집장이 경이롭다는 듯 말했다.

"이제야 문장의 본질을 이야기하시는군요. 그러면 다시 한 번 기회를 주시는 겁니까?"

"재미에도 군더더기가 없어."

"……."

"오, 근래에 보기 드물게 중의적인 표현마저 자유자재로 구사하고 있어……."

"이제야 행간의 의미를 읽어내시는군요. 이번엔 칭찬이 맞는 거죠?"

"주제에서 자유자재로 이탈하고 있어."

"……."

그의 평가는 당혹스러웠다. 황당 무게는 과중했다. 지난 1년간 반복해온 일이지만, 이번에는 야 그게 개그냐, 식의 순환고리로 나를 역지사지로 내몰았다.

"제 글에 무슨 문제라도?"

내가 편집장의 눈치를 살피며 조심스럽게 물었다. 안면몰수를 각오해야 했다. 그가 기다렸다는 듯 집중포화를 퍼부었다.

"문제는 문제가 문제인지를 모른다는 거야. 결국 문제의 식이 부재하다는 거지. 제아무리 수학이 재미없다고 해도, 최소한 수학에는 답이 있지. 지난 300년간 풀리지 않았던 난제인 페르마의 마지막 정리도 결국 답이 있었단 말이야. 암, 모든 문제에는 반드시 답이 있지. 이건 답이 없어……."

그것은 이해할 수 없는 반응이었다. 수학은 집합 이후 미지의 세계였다. 내가 편집장이 안면에 분사해놓은 침을 닦아내며 말했다.

"자꾸 답답하니까, 정말 답답하네요. 정 그러면 답 할게요. 간단해요. 문학에 정답은 없어요. 마찬가지로 오답도 없어요. 답은 없어야 해요. 수학의 정석은 전현직 고등학생이면 모두가 가지고 있지만, 문학의 정석은 팔리지 않는 것처럼 말이에요."

"생각이 글러먹었어. 글로 먹고살기는 힘들겠어……."

대화는 단절됐다. 대신 냉매 소리만 가득했다. 편집장이 자신의 방에 마련된 의약품 냉장고에서 의문의 약 하나(그 약은 내게 얼핏 고전압으로 보였다)를 꺼내 입에 털어 넣으며 뜻밖의 얘기를 꺼냈다.

"한편으론 고맙기도 해."

"갑자기 또 뭐가 고맙습니까?"

강공으로 일관했던 그의 표정이 다소 누그러지는 듯했다. 효과 빠른 부작용 내지는 위약 효과 같았다. 편집장이 자신의 캐비닛에서 의문의 기구 하나(그 기구는 내게 얼핏 운동기구로 보였다)를 꺼내 자신의 팔에 착용하며 말했다.

"당신 때문에 저혈압인 내가 마침내 정상혈압이 됐다고!"

편집장이 격한 감정에 사로잡혀 으르렁거렸다. 그에게서 틈틈이 균열이 보였다. 그는 가장 건강한 시체 같았다.

"그 말대로라면, 제가 편집장님의 심장을 움직인 것 아닙니까? 의미 있는 일이죠." 내가 마음속 깊은 곳에서부터 중지를 끌어모았다.

"의미심장하군. 퍽이나!"

"더 들어보세요. 이 시대에 마음을 움직이는 작가는 흔치 않다고요. 임상병리학적으로 말이죠. 너무 기쁜 나머지 피가 거꾸로 솟을 지경입니다."

"……."

대화는 다시 단절됐다. 대신 화병에 꽂힌 안개꽃이 위태로운 짙은 안개를 뿜어냈다. 편집장이 자신의 책상 서랍에서 의문의 서류 하나(그 서류는 내게 얼핏 유서로 보였다)를 꺼내 내게 들이밀었다.

"저혈압을 자연치유한 것까지는 좋았어. 그래서 참아왔지. 그런데, 이제는 고혈압을 걱정하게 생겼다고. 의학적으로 도저히 규명도 안 되고, 구명도 안 되는 이 급성 화병으로 말이야!"

그의 마음에는 열불이 들불처럼 번지고 있었다. 내 원고도, 계약서도 모두 불타고 있음이 분명했다.

"당신의 코미디는 뭐랄까…… 이건 십팔, 십팔 세기 유럽 미술이야!”

“그 정도로 예술적이라서 사람들이 못 알아듣는다는 겁니까?”

“화가 많이 난다.”

“…….”

편집장은 나와 내 작품이 가져다주는 이중고에 고통스러워했다. 분위기 파악 능력 결여와 악성재고까지 가중되고 있었기 때문이었다.

마침내 그의 입에서 절규가 터져 나왔다.

“남성호르몬도 팍팍 줄어드는 나이인데 이제는 화병까지! 어이구, 화는 내 안의 호르몬을 모두 태워버리지! 사라져가는 남성성을 되찾아보고자 풍천장어 씨를 말렸는데, 도대체 왜 내 씨가 마른 거야!”

편집장은《더 위트》의 판매량이《코미디킹》보다 더 줄었을 때보다 그것의 양이 줄어든 것을 더 억울해했다. 그것은 경제성보다 생산성을 중요시하는 남성의 생존본능이었다. 그는 미 존스홉킨스 의대에서 임상실험을 마치고 FDA 승인까지 받은 최첨단 의료기법을 동원했다. 그것만으로는 충분하지 않다고 느꼈는지, 안서면 암암리에 구전되어 내려오는 민간요법까지 모두 시도했다.

그 효과는 믿을 수 없을 만큼 똑같았다. 세월 앞에서는 백약이 무효했다.

“마지막으로, 문명의 이기가 남긴 획기적인 방법이 하나 있긴 한데…….”

지푸라기라도 잡고 싶어 하는 편집장에게 그 말은 곧 복음과도 같았다.

"그 방법이란 게 뭐야? 말만 해. 내 영혼이라도 저잣거리에 내다 팔 테니!"

편집장이 침을 꼴깍 삼키며 갈구하는 눈빛으로 말했다. 억압된 욕망의 무게가 그의 무릎을 기꺼이 땅으로 향하게 했다.

내가 팔짱을 낀 채 다소 거만한 목소리로 말했다.

"그렇게 상처 많은 것을 누가 사려고요? 게다가 과도한 육식으로 육신은 만성질환에 구속된 영어의 몸이 되고 말았죠. 반복하지도, 번복하지도 않을 테니 잘 들으세요. 이제는 비싼 보양식만 골라 먹는 식습관을 버리고, 저처럼 즉석식품으로 삼시세끼를 해결하는 겁니다. 세상 간편하죠. 젊은이들이 즐겨 찾는 데는 다 이유가 있는 겁니다. 맛은 있지만, 돈이 없거든요. 결정적으로, 친환경 음식을 먹는 사람은 혀를 내두를 정도로 당분과 나트륨도 풍부하죠. 효과는 그 이름처럼 빠를 겁니다."

있는 대로 목을 빼고 귀를 기울이던 편집장이 어리둥절한 표정으로 물었다.

"아니, 몸에도 안 좋은 걸 도대체 왜 먹으라는 거야?"

그는 이해하지 못하겠다면서도, 절망만을 남긴 풍천장어에서 찾지 못한 일말의 희망을 찾고 싶어 했다.

내가 창작자 사기 진작 명목으로 사무실에서 지급받은 컵라면을 그에게 건네며 말했다.

"급한 대로 환경호르몬이라도 주입하셔야……."

"……."

사기 진작에 실패한 컵라면은 편집장의 손아귀에서 바스라졌다. 뒤이어 내 원고는 허공에 유훈을 아로새긴 채 파쇄기 쪽으로 날아갔다. 그의 절규는 뭉크하게 계속됐다.

무거운 일상은 이상이 되지 못했다. 내 원고는 1년 가까이 출판 분야보다는 주로 재활용 영역에서 독보적인 위치를 점유했다.

편집장이 열을 식히려는 듯 수족관에 한쪽 볼과 두 손바닥을 밀착시켰다. 열대어 수족관이었다.

황금어장을 찾아서

6시 내고향 방송 스튜디오. 아나운서 등장.

아나운서: 이번 순서는 현장감을 극대화하기 위한 이원생중계입니다. 지상파에서는 처음 시도하는 코너인데요. 여러분은 바다, 하면 어떤 그림이 그려지시나요? 저런! 노량진 수산시장밖에 떠오르지 않는다고요? 술고래에겐 물놀이장, 물고기에겐 장례식장 말이죠. (아나운서는 언론인과 연기자 사이를 오고 간다) 아뿔싸! 물고기 호텔인지 감옥인지 알 수 없는 아쿠아리움이라는 분도 계시는군요. 그래서 준비했습니다. 수조에 갇힌 바다가 아니라 진짜 바다! 여러분의 안방이 어선 갑판으로 바뀐 듯한 생생함을 지금 전해드립니다. 오늘은 전어가 그렇게 많이 잡힌다고 하는 서해 황금어장을 연결해보겠습니다. 현장 나와주세요.

현장 PD, 선장, 리포터, 카메라맨 등장. 현장 PD가 전열을 정비하며 선장에게 사전 준비시킨 멘트를 주문한다.

현장 PD: 자, 카메라 앵글 좋고, 선장님 표정 좋습니다. 저의 통제 멘트는 선장님과 스태프 귓속에 장착한 리시버를 통해서 전달되니, 방송에 대한 염려는 저 통발 속에 넣어 염라대왕이 사는 저 깊은 바다로 내던지시면 됩니다. 선장님, 멘트 시작하세요.

선장: 바다는 결코 나를 속이지 않습니다. 나는 살면서 단 한 번도 그런 것을 본 적이 없어요. 모든 기쁨과 슬픔, 그 모든 것을 받아주어서 바다지요. 그것뿐인가요? 바다는 항상 노력한 만큼 자연의 선물을 가져다줍니다. 우리는 이것을 황금어장이라 부릅니다.

40년간 전어를 잡아온 노 선장의 표정은 이 세상 부귀영화가 다 무슨 소용이냐는 듯 더할 나위 없이 행복해 보인다. 선장의 얼굴은 넓고 넓은 바다 그 자체이다.

리포터: 선장님, 지금 이쪽 그물에 올라오는 고기는 뭔가요? 전어는 아직인가요?

선장: 이건 아구죠. 아귀라고도 하는데, 이건 고기로 안 쳐요. 요새야 수입산 고추장에 콩나물 잔뜩 넣고 아귀찜 같은 거나 해서 먹는 거지, 예전엔 다 버렸어요. 그리고 이건 온통 다 새끼라서 돌려보내줘야 해요.

리포터: 그렇군요. 아귀라는 물고기는 아무리 먹어도 배가 차지 않아 닥치는 대로 먹이를 삼키는 걸로 알고 있는데, 반대로 선장님께서는 모두 놓아주시는군요. 괜스레 마음이 푸근해집니다.

선장: 그동안 금어기여서 물고기를 하나도 잡을 수 없었지요. 평소에도

이렇게 작은 물고기는 모두 놓아줍니다. 자연에 대한 존중, 작은 생명과의 공존, 이러한 약속과 믿음이 다시금 커다란 결실로 돌아오게 됩니다. 그래서 황금어장을 선물로 받은 것이지요.

선장의 눈이 희번덕거리며 카메라에 반사된다. 선장은 어쩐 일인지 쓸모없다는 작은 고기들을 시원시원하게 놔주지 못한다.

현장 PD: 자, 리포터 내레이션 바로 들어가고!

리포터: 가을 전어는 이때가 제철입니다. 집 나간 며느리가 돌아온다고 하지요. 늙은 어부는 40년간 짜디짠 바닷물로 담금질된 노구를 이끌고 늘 그래왔듯 힘차게 그물을 걷어 올립니다. 얼굴에는 고단함보다는 기대와 행복이 넘칩니다.

현장 PD는 프로그램의 재도약을 위해 야심차게 준비한 이원생중계의 순조로운 진행에 만족한다. 이제 남은 것은 풍요로운 바다의 속살을 담는 것뿐이었다.

현장 PD: 바로 이겁니다! 자, 그물에는 전어가 한가득! 카메라 그물 클로즈업하고, 선장님 멘트!

선장: 자 어디 보자. 엥, 전, 전어가…….

현장 PD: 네? 선장님, 뭐요?

선장: 전어가…….

현장 PD: 전어가 어쨌길래요?

현장 PD의 리듬감 있는 진행과 달리 그물을 올리던 선장의 얼굴은 급격히 굳어진다. 그 경직성은 일체의 미동도 허용하지 않는다.

선장: 전어가…….

현장 PD: 그렇게 시청자 애태우는 건 저희가 할게요!

선장: 전어가 전혀 없어…… 모두 집을 나갔네.

현장 PD: 그럴 리가요? 집 나간 며느리도 돌아온다면서요? 그리고 여기는 이름난 황금어장인데.

선장이 고개를 절레절레 젓는다. 힘들게 끌어올린 그물에는 작은 물고기 두 마리와 바다 폐기물, 식용 불가능한 어패류만 가득하다. 짧은 시간 방송물을 먹은 선장은 자연에 물을 먹고 자연인으로 돌아가기 시작한다.

선장: 물고기 두 마리? 어이가 없네. 이런 쌍놈의 고기들!

현장 PD: ……거짓말. 그럴 리가 없잖아…….

현장 PD는 순간 둔기로 얻어맞은 듯 정신이 멍해진다. 이것이 꿈인지 생시인지, 녹화인지 라이브인지도 잊는다. 스튜디오로 화면을 돌리기도 전, 선장은 성난 파도처럼 거세게 멘트를 이어간다.

선장: 이 무슨 우주 괴물 같은 해파리와 방전된 별 같은 불가사리나 잔뜩 들어가 있고! 어휴, 이 빌어먹을 놈의 바다!

잔잔한 배 위로 격랑이 몰아친다. 선장은 기어이 그물을 내팽개친다. 그의 성질은 고등어나 삼치처럼 급해서 금방이라도 죽어버릴 지경이다. 선장은 현장 PD에게 공개하지 않았던 어선의 창고에서 온갖 종류의 작은 물고기들을 꺼내 낚싯바늘에 미끼로 꿰기 시작한다. 이타적이라고 믿었던 그는 오직 배를 불리기 위해 배를 타온 배타적인 선장이다.

현장 PD: 선장님, 카메라 아직 돌아가는데요…….

현장 PD는 그날 금기어를 그물에 잔뜩 담았다. 시청자 속 태우는 건 그들의 몫이었다. 서울에 올라와서도 성난 방송국 상사들의 금기어가 온종일 난무했다. 평생 먹을 욕을 하루에 다 먹었으나 그것이 끝이 아니었다. 도의적인 사과나 직위해제 등의 인사조치가 아닌, 형사적인 문제였다.

그날은 아직 금어기였다.

편집장이 자신의 책상에 놓인 대형 모니터 앞으로 날 연행했다.

"자, 이거 보라고. 자꾸 얼토당토않은 글을 써대니, 하루도 빠짐없이 독자들의 금기어가 잡지사 블로그에 난무한다고!"

담담하다. 자기기만으로 쌓아올린 허술하고 부실한 담, 염증 나는 퇴행성 문장의 반복은 오십견에 견줄 만하다. 이 사회의 건전한 담론 형성에 있어 못내 충격적이다. 파격적이다. 그냥 적이다. -king1947-

오랜 기간 전승되어온 우리 고유의 미풍양속과 문학의 고결함을 동시에 파괴하고 있다. 그리고 그것은 창조적 파괴가 아닌, 공멸과 절멸을 부르는 파괴의 창조이다. -yeonam1737-

소설 쓴다는 말과 웃긴다는 말은 중의적으로 사용된다. 그 부정적 함의에 더없이 충실하다. -william1564-

이 세상에는 하지 말아야 할 두 가지 장난이 있다. 불장난과 글장난이다. -voltaire94-

무자비하며 무가치하다. 심지어 《더 위트》는 무가지가 아니다. -haru49-

독자들의 인내심은 한계 상황이나, 그가 《더 위트》를 떠난다면 유혈사태는 발생하지 않을 것이다. -gandhi2-

블로그에서 느껴지는 저항감은 폭동 수준이었다. 편집장이 더 이상은 감내하기 어렵다는 듯 구두로 계약조건을 적시했다.

"반복하지도, 번복하지도 않을 테니 잘 들어. 이제 일주일이야. 이번이 마지막이라는 얘기야. 더 이상의 기회는 없어. 그 안에 내 마음을 포복절도 하지 못할 경우, 재계약은 요원하다."

그것은 마감시간을 얼마 안 남긴 홈쇼핑 진행자의 멘트 같았다. 그들은 매번 마지막 기회, 라고 앵무새처럼 떠들었다. 편집장은 아니었다. 다 같은 마지막이 아니었다. 반복되지 않는 마지막은, 곧 끝을 의미했다. 그는 웃음이 사문화된 원고를 거래할 생각이 없었다.

"1년 동안 동굴 같은 옥탑방에서 글만 썼는데도 홍익인간의 시대는 아직입니까? 웃음 유발에 실패했지만, 그렇다고 암을 유발한 것도 아닌데 이렇게 사람 취급도 못 받는 겁니까?"

목소리가 높아지는 것은 항거불능 상태임을 의미했다. 약자임을 반증했다.

하지만 편집장은 인본주의를 배격했다.

"긴장해. 현실은 전혀 낭만적이지 않아. 편집 안 된 다큐멘터리 같다고나 할까. 아니, 사실 그것보다 더 생생하지. 너무 생생해서 눈이 멀어버릴 지경이야. 그동안 동굴에 있었던 걸 다행으로 알라고. 계약 만료를 두려워할 것만도 아냐. 오히려 당신 같은 통제불능 영혼에게는 프리랜서가 적합업종이야. 자유롭게 쓰고 싶은 대로 쓰는 거지. 벗, 저임금은 영원한 친구가 되겠지만. 새가 자유롭게 날기 위해 더러운 땅에서 먹이를 찾아 헤매는 것처럼."

강대강이었다. 편집장은 약하게 얘기하는 법을 전혀 모르는 것 같지만 한때는 약자였다. 시간을 거슬러 오르자면, 히말라야까지 가야 했다. 그는 여러 대학을 전전하며 문예창작학과 시간강사로 일했다. 10년의 시간 동안 강산은 바뀌었지만 강사 신분은 그대로였다. 속세는 세속적이었다. 속칭 지방대 출신인 그는, 세칭 명문대 출신들에 밀려 정년직 교수 임용에는 번번이 실패했다. 등단도 지방지를 통해, 그것도 가작에 턱걸이로 당선된 것도 신분 안정에 한몫했다. 그는 술집에 있는 엄청난 지분을 제외하면 철저히 비주류였다(그것은 외상이었다).

해도 해도 너무했던 강의를 때려치우고 그는 영종도에 있는 아버지 염전을 물려받았다. 운동 삼아 일하면서 글이나 쓸 요량이었다. 한량없이 먹물다운 발상이었다. 염전은 광활했다. 바다는 무한했다. 바람은 지나치지 않았다. 해는 지치지도 않았다. 그가 지면을 통해 세상에 내뱉어온 말들이 있었다. 정신적 고통이 육체적 고통보다 상위의 개념, 따위의 말들이었다. 그는 말이 없었다. 먹먹하게 묵묵하게, 글과 소금을 다지기 시작했다.

다시 10년의 시간이 흘러갔지만, 이번에는 달랐다. 강산이 바뀌었다. 진정성을 눌러 담은 그의 작품은 초심을 잃지 않고 주목 받지 못했지만, 운동 삼아 하려던 일은 결국 일을 내고야 말았다. 천국으로의 문이 열린 듯, 염전 자리에 인천공항 활주로가 깔렸고, 그는 일거에 수십억 원을 벌었다.

그는 금보다도 비싼 소금을 다지고 있었다.

편집장은 유명 대학 교수나 일류 작가가 평생 벌어들인 돈보다 더 많은 돈을 한 번에 벌었다. 없던 안주가 전복된 일이었다. 이제 더 이상 누군가의 인정이 필요 없다고 느낀 그는, 코미디 전문 잡지사를 설립하고 월간지인《더 위트》를 발간했다. 과거 민중문학에 천착하며 시대의 고통을 새겨 나간 작업을, 행복의 문학으로 승화시키려 한 것이었다. 자신처럼 주목 받지 못하는 작가를 재발견하겠다는 의지도 한몫했다. 무명의 고통을 누구보다 선명하게 알기에, 한 명의 작가를 지키는 것이 하나의 세계를 지키는 것이라고 생각했다.

예외는 있었다.

"왜 나가다 말고 문 앞에 멍하니 서 있는 거야?"

"혼자서 감당해낸 시간이었어요……."

"그 혼잣말하는 습관 좀 고쳐!"

"10년의 시간이었어요……."

"그래, 나도 1년이 10년 같았어. 어서 회사 밖으로 사라져!"

"어디서 회를 사라고요?"

대화가 마지막으로 단절됐다. 편집장이 뒷목을 부여잡고 가래 끓는 소리로 말했다.

"침묵의 살인자처럼, 이놈의 혈압이, 또!"

#

“여긴 어디세요? 우.리.가.국.경.을.넘.은.건.아.니.죠?”

“글세요? 바깥세상과는 단절된 이상한 나라의 카페랄까? 여권은 필요 없으니 안심하세요.”

졸면서 걸었고, 걸으면서 졸았다. 말하고 생각했고, 생각하고 말았다. 극단적 현실은 환상 같았다. 편집장실에서 쫓겨나 에디터를 따라 도피한 곳은, 커피공화국이라는 작은 카페였다. 언뜻 UN 회원국 같기도 한 이름과 달리, 그 위치는 비밀에 가까웠다. 회사 근처 골목 가장 후미진 곳에, 그것도 명함인지 간판인지 알 수 없는 작은 상호명만 걸려 있어 손님을 받겠다는 의도가 있는지 알 수 없었다. 카페 입구 양쪽에는 낡은 나무상자로 만들어진 화원(그것은 입구를 삼분의 일 정도 차지하고 있어 도무지 필요 없어 보였다)이 조성되어 있었고, 그곳에 이름 모를 작은 꽃들이 피어 있었다.

그림자도 빠져나오기 힘든 음각이었다. 세상의 속도에 부응하거나, 세상의 방향에 길눈이 밝은 사람들은 찾지 못하거나 그냥 지나치기에 최적의 조건이었다. 사랑의 묘약이나, 세상을 변화시킬 각성제나, 지혜의 향기를 내는 커피머신이나, 시간을 이기는 타임머신을 팔지 않는 이상 이곳을 굳이 찾아올 바보는 없어 보였다. 과도한 인테리어로 수익을 남기는 프랜차이즈 커피회사의 기준을 들이대면, 이곳은 판자촌의 범주에 들어갈 수도 있었다.

삐걱대는 문을 열고 마주한 카페 내부는 헌책방을 방불케 할 정도로 다양한 책들이 빽빽하게 한자리씩을 차지하고 있었다. 비밀한 향기가 폐부를 파고들었는데, 오래된 책이 뿜어내는 종이 냄새와 방금 뽑아낸 커피 향이 앞다투어 짙게 깔렸다. 또 작은 창을 통해 들어오는 오렌지빛 햇빛은 신선했으나, 나무 바닥에서 올라오는 산소는 오래된 것 같았다. 천장 구석 거미줄에는 시간이 털어낸 먼지가 엉켜 있었으나, 거미의 무늬는 선명했다. 과거와 현재라는 단절적인 시간개념으로는 명확히 규정할 수 없는 것들이 이곳에 한데 뒤섞여 있었다.

에디터는 내게 카페인 투여가 절실하다고 판단한 모양이었다. 깨어날 꿈과 깨지 않을 현실을 구분하라는 각성의 요구였다. 내게는 경계가 없었다. 낮과 밤이 바뀌어 있었다. 재계약과 결부시킬 원고를 쓰느라 며칠째 밤을 새우며 강행군을 벌였다.

에디터가 결연하기까지 한 얼굴로 말했다.

"여기 커피는 헤어나올 수 없어요."

"……어떤 의미죠?"

"보시면 알아요."

커피 맛을 결정하는 것은 원두였다. 나는 카페에 진열된 커피 원두 포대를 살피다 유난히 밝게 빛나는 원두를 발견하고는 화들짝 놀랐다. 그것을 자연적이라고 해야 할지, 인공적이라고 해야 할지 경계가 모호했다.

커피 원두를 만지작거리고 있는 사장이 대머리였다.

인생의 황혼기에 접어든 노년의 남자. 에스프레소 추출은 중력이 만들어내는 예술이었다. 그가 만들어온 커피만큼이나 그의 머리에는 일반적인 허용치보다 더 많은 중력이 작용했다. 원두를 살피는 그의 손길에서 수십 년을 원두로 지탱한 커피 장인의 내공이 고스란히 드러났다. 나는 메뉴판도 보지 않고 세계적으로 가장 많이 팔리는 커피를 선택했다.

"저는 믹스커피로."

"커피믹스는 여기에 없어요. 그건 공장에 주문을 넣어야 해요."

"최고의 커피는 다루지 않는 곳이군요."

"에스프레소 도피오로 할게요. 카페인이 우릴 집중하도록 도울 거예요."

에디터가 오늘의 커피를 주문했다. 정리는 늘 그녀의 몫이었다. 그녀가 가방에서 원고 더미를 꺼내더니 그 사이에 끼어 있던 편지 하나를 불쑥 내밀었다.

"작가님, 저 이거……."

"이게 뭐죠?"

"보시면 알아요."

편지가 그녀의 손을 떠났다. 그리고 내 손에 닿았다. 예민한 촉감이 깨어났고, 어떤 마음은 밀봉됐다. 숨겨진 이야기가 있는 것 같았다.

"고백하지 마요. 아직 마음의 준비가……."

나는 애써 냉정한 얼굴로 편지를 반송했다. 기막히게 이성적인 대처였다. 그녀가 보기에도 그런 것 같았다. 에디터가 모호한 표정으로 나를 쳐다봤다. 그것은 보기에 따라 담담하기도, 참담하기도 했다.

"어찌 됐건, 마음의 준비를 하셔야 할 거예요."

정리는 늘 그녀의 몫이었다. 빈손으로 돌아온 그녀가 다시 편지를 내밀었다. 반이성적이었다.

"작가님 앞으로 온 독자 편지예요. 이름도 없네요. 이름 없는 작은별, 이라고만 쓰여 있어요."

그녀가 건넨 편지를 앞뒤로 살피며 내가 말했다.

"무명작가여서 독자도 무명입니까?"

민망함은 오롯이 나의 몫이었다.

"아, 그리고 또 하나가 있어요."

"……."

에디터가 건넨 편지는 외형에서 일반적인 편지와 구분됐다. 사막을 연상케 하는 카멜색 바탕에 은박을 입힌 작은 별 하나. 그것은 쉽게 구할 수 없는 재질의 특수지로 직접 만든 편지였다. 손때가 묻어 있었다. 진정성은 눈에 잘 보이지 않지만, 손편지는 이미 형식에서 그것에 도달해 있었다.

"한번 읽어보세요." 에디터가 말했다.

"독자는 내가 읽지 않기를 바랄 거예요." 내가 편지를 바지주머니에 찔러 넣으며 둘러댔다.

독자로부터의 편지를 읽을 수 없는 특수한 상황이었다. 쓸 시간이 전부였고, 읽을 시간은 전무했다. 진정 성의 없어 보였지만, 독자의 편지를 계속 읽기 위함이었다. 유서도 살아 있어야만 쓸 수 있었다.

"편집장님의 말은, 재계약의 전제조건으로 이번 10주년 특집호에 단 한 줄이라도 제 글이 채택되어 실려야 한다는 거예요. 이게 말이 되나요?"

조건부 인생과 시한부 인생의 이중고로 괴로워하는 내게 에디터가 속절없이 말했다.

"이번에는 워낙 좋은 원고가 많아 그마저도 쉽지 않을 거예요. 저희 소속 작가풀이 아직은 건재해요. 이제 와서 하는 얘기지만…… 사실 그간 짧게 짧게 작가님 글을 실어왔던 것도, 연재를 하던 작가분이 병원에 실려 가거나, 예기치 않게 편집상 여백이 발생했을 때만, 우읍!"

"……."

되로 주고 말로 받았다. 에디터는 말이 된다고 생각했다. 그간 나는 동업자 정신과 여백의 미를 파괴하고 있었다.

자신도 모르게 불편한 진실을 폭로했던 에디터가 아무 일도 없었다는 듯 얼굴을 고쳐 말했다.

"인쇄 기간을 최소화한다고 해도 여전히 일정이 빡빡해요. 그래서 휴일에도 모두 나와 일하고 있죠. 특집호에는 소속 작가분들 인터뷰도 실을 예정인데 오늘까지 마감해야 해요."

에디터는 너무 솔직하다 싶다가도 이내 사무적인 말투를 견지했다. 어떤 것이 그녀인지 모호했다. 내가 그녀의 원고 더미를 뒤적이며 의구심이 가득한 표정으로 물었다.

"저는 아직 인터뷰를 하지 않은 것 같은데요?"

"뭘요, 작가님은 이제 곧 잘리실, 우읍!"

"……."

정리는 늘 그녀의 몫이었다. 냉혹한 현실은 뜨거운 언어로 작품 밖의 세계를 주조했다. 담당 에디터마저 퇴출을 기정사실화했다. 잡지사 주변에는 이미 나에 대한 소문이 자자했다. 그것은 주로 원성이었다.

비상구가 필요했다. 쓸데없이 모여 사람을 씹어대는 곳이 아닌, 그 쓸데없음을 누구도 탓할 수 없는 사람의 존재 같은 것. 그 존재 자체로 희망이기도 한 것. 이야기의 세계도 마찬가지였다. 나는 편집장에게 아직 선보이지 않은 원고 두 편(거기에는 채 완성이 되지 않은 부분도 있었다)을 에디터에게 들이밀었다. 제대로 된 작품 하나 펼쳐보지 못하고 문장의 이슬로 사라질 수는 없었다.

"한 편은 극현실주의, 다른 한 편은 초현실주의 작품이에요."

"아아, 그놈의 현실!"

"저 말이요?"

"제 말이요."

"선택해요. 깨어날 꿈과 깨지 않을 현실을."

"끄응……."

에디터가 양쪽 볼에 바람을 잔뜩 불어넣더니 마지못해 내 원고를 받아들였다. 두 편 중에 그녀가 먼저 고른 것은, 극현실주의 쪽이었다. 「절망여행」은 인간 이하의 최저가 여행으로 전 세계를 누

빈 뒤 여행가이드가 된 어떤 남자의 이야기였다.

"시작이 좋네요. 아, 불안하다는 얘기예요."

에디터가 원고 작업할 때만 쓰는 검은색 뿔테 안경을 썼다. 그것은 그녀의 현실이기도 했지만, 비상구이기도 했다. 어떤 것이 그녀인지 모호했다. 이내 원고를 움켜쥔 손가락, 그리고 동그란 프레임 속에 그녀의 눈빛이 날카로워졌다. 느슨한 사람에 뜨거운 숨결을 불어넣은 듯 팽팽해졌다. 그녀의 눈은 빠른 속도로 달리고 있었다. 원고를 읽는 그녀의 눈동자는 세로로 가늘어져 마치 고양이 눈을 보는 것만 같았다.

잠잠했다. 한참 동안 그 눈을 바라보던 내 눈은 가로로 가늘어지고 있었다. 시간은 고장 난 시계처럼 무뎌져 1시간이 지났는지, 7시간이 지났는지, 7시간이 지났는지, 1시간이 지났는지 알 수 없었다.

"역시 시작이 반이네요."

에디터가 입을 연 것은 특정하기 힘든 시점이었다. 그녀의 말과 함께 그녀의 한숨은 불특정한 지점에서 흘러나왔다. 안도인지 근심인지 모호했다.

"드디어 반했군요. 졸면서 썼더니 글이 살아났어요." 내가 긍정했다.

그녀가 내 눈을 지그시 바라보고는 고개를 끄덕이며 말했다.

"하지만 반이 끝은 아니에요. 아, 시작으로 돌아가자는 얘기예요."

에디터가 검은색 뿔테 안경을 벗고 눈을 비볐다. 눈을 버렸다는 듯 두 손으로 하모니카를 불었다. 그녀의 작은 눈은 너무 높았다. 안경은 크고 도수는 과도했다. 선명한 현실은 어지러웠다. 내 원고는 그녀의 머릿속에서 구조화되지 못했다.

"이걸 쓴다고 몇 날 며칠을 까맣게 지새웠는데 어떻게 접으란 말이에요?"

내가 선처를 바란다는 듯 읍소했다. 그녀가 매정하다 못해 정을 매장한 얼굴로 원고를 가방에 욱여넣으며 말했다.

"별로요. 정말 별로예요."

구미호는 아니었다. 호랑이였다. 아버지의 이름이 장맹호였다.

그 이름처럼 모호했다. 예측 가능해 보이는 모범적인 얼굴을 하고는, 늘 예측 불가능한 돌출 행동으로 어디로 튈지 알 수 없었다. 서울 소재 여대를 나와 3년 넘게 아나운서 지망생이었던 그녀는 매번 어이없이 탈락의 고배를 마셨다. 외모와 목소리는 크게 빠지지 않았으나, 어디인가 나사가 하나 빠져 있었다. 그 나사는 매우 작은 것이어서 도무지 어디에 있는 것인지 알 수 없었다.

그녀는 술에 물이라도 탄 듯 빈틈없이 연습을 소화했으나, 실전에서는 물에 술이라도 탄 듯 틈바구니에서 허우적댔다.

"속보입니다. 오늘 오후 4시, 대장 내시경을 하던 남성 환자의 몸 안에서…… 흐흐흐흐."

무표정한 얼굴로 뉴스를 전해야 할 카메라 테스트에서 계속 웃음이 터지는가 하면, 말이 한번 꼬이면 혀에 주사를 맞은 듯 주사에 가까웠다. 말이 아니었다. 사고의 전달자가 아닌, 사고의 당사자였다. 고의로 느껴질 정도로 방송 사고의 유망주였다.

그렇다고 4차원의 범주에 편입할 수도 없었다. 다소 엉뚱할 때가 있을 뿐 입만 열지 않으면 지극히 정상으로 보였다. 솔직한 것이 탈이었지만 거기에 악의는 없었다. 이따금 복장이 터질 수는 있었다. 예외가 없었기 때문이었다. 그녀는 아나운서처럼 늘 하얀색 블라우스에 검은색 정장만을 고집했는데, 출판업계의 드레스코드와는 전면적으로 배치됐지만 역시 크게 문제 될 것은 없었다.

시간은 그녀의 하이힐을 마음의 구두로 바꾸어놓았다.

그녀는 말문이 막힌 아나운서 시험을 포기하고 출판사 편집자가 되기로 마음먹었다. 책잡힐 일이 많았기 때문이었다. 낙방의 상처로 일어서기 힘들 때마다, 보이지 않는 미래에 눈감을 때마다 그녀 옆에는 책이 있었다.

"보셨죠? 책을 읽을 때는 한 번도 틀리지 않았어요."

편집장은 바로 그녀를 채용했다.

얼마나 시간이 지났을까. 에디터에게 한 통의 전화가 걸려왔다. 대화가 군데군데 단절되는 것으로 보아 그가 분명했다. 그는 할 말만 하는 것으로 정평이 나 있었다. 유선상으로는 말할 것도 없었다. 용건만 간단히, 라는 말은 그가 만든 카피 같았다.

"이 원고는 제가 가져가요. 또 수정해보겠다고 매달리지 마시고 미련을 버리세요. 편집장님도 그러시네요. 버릴 인간은 빨리 버리라고, 우웁!"

"……."

"오늘 보지 못한 원고는 다음에 볼게요."

에디터가 자리에서 일어나 입구 쪽으로 뛰어나갔다. 익숙하게 들어온 그녀의 플랫슈즈 진동소리, 일정한 패턴의 걸음걸이가 공간을 흔들었다. 시간이 먼지처럼 바닥으로 내려왔다. 운명은 반복되는 일상성이 그 정점에서 이탈하는 순간 찾아왔다. 그것은 거대한 암전이었다.

털썩.

그녀는 카페에 들어오는 한 남자와 부딪쳤다. 정해져 있는 것만 같았던 그녀의 방향이 흐트러졌다. 내가 말문이 막힌 것은 다른 이유에서였다. 남자는 아무 말이 없었다.

"죄송합니다."

그녀가 먼저 사과했다. 떨어뜨린 가방을 줍느라 자연스레 먼저 고개가 숙여졌다. 남자는 여전히 말이 없었다.

에디터가 천천히 고개를 들었고, 곧 말을 잃었다. 둘의 접촉은 동시였지만 그 접점은 달랐다. 남자의 키는 목이 아파 슬플 정도로 커서, 그녀의 머리가 그의 가슴에 간신히 닿았다. 그것은 흡사 블랙홀에 빨려 들어가는 모양새였다. 검은 옷에, 검은 모자를 눌러쓴 그는 빛이 있는 것들의 종착지 같았다. 주변의 시선을 한눈에 받을 정도로 흡입력이 강했다.

한동안 말이 없던 남자가 별 같은 눈을 끔뻑거리며 말했다.

"……괜찮으신가요?"

서툰 물음에는 적은 표정, 짧은 시간, 작은 공간에서만 느껴지는 미세한 떨림이 있었다. 그녀는 숨죽이고 있었다. 고개를 들고 그와 처음 눈이 마주친 이후부터였다. 그녀에게는 눈에 보이는 것이 전부가 아니었다. 그녀가 그에게 던진 물음을 보면 알 수 있었다.

"저는 괜찮아요. 그런데 혹시 우리……."

"……."

검은 옷의 남자는 더 이상 아무 말도 하지 않았다. 깊은 밤 먼 하늘의 별빛이 점멸하듯 짧은 눈빛만을 남겨놓은 채 카페 안쪽으로 이동했다. 에디터는 며칠간 이어진 강행군에 피곤했는지 눈물이 쏟아질 것 같은 눈을 하고 있었다. 그녀가 잠시 눈을 감았다. 그리고 무슨 생각이었는지 카페 문을 열고 나가기 전 고개를 돌려 그를 바라봤다.

#

띠이…… 띠이…… 띠이…… 띠이…….

잠시 들었던 생각이 계속 머릿속을 맴돌았다. 그것은 카페를 나와 거리에서도, 마을버스에서도 여정을 계속했다. 그는 빚이 있는 것들의 종착지 같기도 했다. 사채업자처럼 볼수록 낯설지가 않았다. 떨쳐내려 할수록 가까워졌다. 무거워진 머릿속은 텅 빈 무대의 암막처럼, 대사가 깜깜해진 배우처럼 막막했다.

한동안 정체 모를 생각의 울림은 반복되었고 쉽게 하차하지 못했다.

"내가 모를 거라고 생각했어?"

사선에서 누군가의 강렬한 시선이 느껴졌다. 양손에 징이 박힌 장갑을 낀 채 귓등에는 담배를 꽂은 중년의 남자가 나를 노려보고 있었다.

"저 사람 무서워."

"애 아빠가 마누라 말고 무서운 게 있어?"

"늘 저런 식이야."

"쉿! 늘 그런 삶에서 중도하차 하고 싶어?"

산만했다. 그의 덩치에 겁을 먹은 승객들은 하나같이 딴짓을 하며 나를 외면했다. 당장 신변의 안전을 담보할 수 없었다. 이곳은 이미 그의 압도적인 위용과 거친 남성미에 장악되어 있었다.

내가 하얗게 겁에 질린 얼굴로 물었다.

"누, 누구세요?"

"내가 정말 누군지 몰라서 그러는 거야?"

그는 한껏 미간을 찌푸린 채 자비심의 한계를 느끼는 것 같았다. 두꺼운 목에는 핏대가 곤두섰다. 그는 주변을 두리번거리며 나를 응징할 기회가 오기만을 엿보고 있었다.

도로 아미타불이었다. 그의 바람대로 도로가 정체되자, 그는 이제 대놓고 자신의 정체를 드러내기 시작했다. 받아낼 게 많다는 듯 자신의 금고를 채울 현금을 요구했다.

"이젠 내놓으시지. 맨땅에 헤딩하기 싫으면."

"다짜고짜 그게 무슨……."

"두 다리가 땅에 처박혀봐야 정신을 차리겠군."

"살, 살려주세요. 제가 가진 돈은 고작 900원밖에……."

내가 가난이 죄라는 듯 애걸했다.

"그거면 돼."

중년의 남자는 더 이상의 금전을 요구하지 않고 의외로 자비로운 표정마저 지었다. 그리고 거칠게 가던 길을 계속 갔다.

"아무리 정신이 없어도 버스비는 내야지."

자신을 그런 방식으로 자아내는 남자는 처음이었다. 어둡고 차가워 보였지만 나쁜 사람으로는 보이지 않았다. 그의 어둠은 빛을 무색케 했다. 그는 잘생긴 그림자 같았다. 그의 키는 천장의 높이를 무색케 했다. 그가 무심히 딛고 서 있는 나무 바닥에서부터 뻗어 나온 유려한 곡선이 따뜻하게 그를 감싸고 있었다. 그중에서도 얼굴로도 다 가리지 못하는 긴 손가락이 시선을 움켜쥐고 있었다. 그는 시중의 아름다움을 멸시했다. 누구라도, 그의 깊은 눈을 잠시라도 보았다면, 거기서 빠져나오는 데는 엘도라도만큼의 오랜 시간이 걸릴 터였다. 33년 만이었다. 그는 성정체성의 혼란마저 야기했다. 신이 나와 비슷한 시기에 만들어놓은 피조물치고는 그 품질의 차이가 현저했다.

생긴 대로 놀았다. 그가 책잡힐 일을 하고 있어 다시 한 번 놀랐다. 그는 실천이성 대신 이론이성을 추구했다. 그런 외모를 가지고 손님도 별로 없는 외진 카페에서, 그것도 책 속에 숨는 것은 바보 같은 짓이었다. 그는 구석자리에 앉아 진열된 책과 잡지를 익숙하게 꺼내 읽기 시작했다. 특이하게도 환경에 관한 책들이 눈에 띄었다. 굳이 그런 책이 아니어도 그의 직업은 환경미화원이었다.

고카페인은 생각의 포만을 낳았다. 그것이 넘치고 넘쳐 두통에 이를 무렵, 이미 챙길 것을 모두 챙긴 중년의 남자가 룸미러를 통해 소리쳤다.

"다음 정거장에서 내릴 거 아냐? 벨을 누르지 않으면 문은 열리지 않을 거야. 벨은 누구에게나 공평해."

"띠이……."

"끝까지 가보자는 거지?"

"종점에서는 문이 열리겠죠. 모든 것이 끝에 가서야 다시 처음으로 돌아오는 것처럼."

"누구나 빈손으로 왔다가 빈손으로 가는 거야. 버스비가 전 재산인 사람에게도, 재산이 많아 버스비가 없는 사람에게도."

"누구는 이제 버스비도, 재산도 없어요."

"그래도 빈손인 걸 보니 원고는 잘 넘기고 왔나 보지? 몇 작품이나 뭉텅이로 가져가지 않았어? 이번 달은 굶지 않겠어."

"……."

말이 끝나기 무섭게 가슴이 철렁였고, 배가 출렁였다. 알 수 없는 공복감이 엄습했다. 결과는 같았지만 결이 달랐는데, 낮에 그를 만났을 때는 위내시경을 해도 무방한 상태였다. 위악적 현실은 그 상태를 깨지 않을 수면내시경으로 유도했다. 모든 것을 내려놓은 양 말하던 것과는 다르게 잽싸게 벨을 누른 손도 공허하기는 마찬가지였다. 벨도 없었다.

버스가 정류장에 도착해 문이 열렸지만 나는 한참 동안 하차하지 못했다.

"안 내릴 거야? 저렇게 손과 발이 따로 놀아서야!"

"이상한 나라에서 일이 벌어진 게 분명해요……."

"이상한 게 아니라 미친 게 분명해……."

"국경을 다시 넘어야겠어요. 차 좀 돌려요. 어서요!"

"지금 버스비 900원에 노선을 사유화하겠다는 거야? 심지어 이건 공항버스도 아니라고!"

"차 돌리는 게 힘들면 후진이라도 해봐요!"

"작년 이맘 때였나? 그때도 그렇게 원고 때문에 난리를 치더니 또 이렇게 고장 난 시계처럼 반복하는구먼."

"제발요, 저 죽어요!"

"입가에는 활기가 넘치는데? 버스는 앰뷸런스가 아니야."

기사도 정신 있었다. 그는 요금과 벨과 노선을 준수했다. 나는 늘 그런 삶에서 중도하차 했다. 밀입국의 경로는 반대편이었다. 여권은 필요 없었으나, 안심할 수 없었다. 빈손에는 시작부터 땀이 흥건했다. 버스정류장에서 커피공화국까지의 거리는 1킬러미터에 달했다. 전속력으로 달린다면 황천길로 조기 진입하기에 충분한 거리였다.

금세 하늘이 노랗게 번지고, 땅이 붉게 움직였다. 출구를 찾지 못한 피가 머리로 솟구쳤다. 과도한 유산소 운동으로 내 심폐기능은 급격히 저하됐다. 숨이 거의 넘어갈 뻔했으나, 그것은 가까스로 죽음의 문턱을 넘지는 못했다.

카페 입구에 도착한 내가 숨을 헐떡이며 말했다.

"헉, 헉, 저기 혹시 카페에 있던 원고, 제 원고 못 보셨나요?"

사장은 카페 밖에 나와 가만히 하늘을 올려다보고 있었다. 그의 옆모습에서 흰수염고래 같은 턱수염이 먼저 눈에 들어왔다. 그의 머리는 삼림한계를 넘어선 극지처럼 한적했으나 저돌적인 느낌이었다. 노년의 나이에도 불구하고 그에게는 알 수 없는 시크함이 넘쳐흘렀다.

"왜 숨이 다 넘어가고 있는 거야? 그러다 숨지는 거 아니야? 나보다 빨리 가면 곤란해."

그는 별일 아니라는 듯 내 말을 물리치고 유유히 해질녘을 관조했다. 카페는 제쳐두고 장사 하루 이틀만 할 태도였다. 그에게는 내가 잃어버린 것이 원고인지 돈다발인지, 내가 개인지 늑대인지는 중요하지 않아 보였다.

내가 숨을 다 고르지 못한 채 말을 이었다.

"카페에 두고 간 제 원고요. 제 목숨이 달려 있어요!"

"무슨 내용이길래 그렇게 자유롭게 생과 사를 넘나드는 거야?"

"말하자면 복잡해요."

"그럼 말하지 마."

"숨기기엔 길어요."

"그럼 숨기지 마."

"그러니까……."

"내가 죽기 전에는 들을 수 있는 거야?"

"……어떤 사랑이야기. 결핍으로 가득 찬 한 남자와 그와는 정반대로 살아온 한 여자의 사랑이야기예요."

죽음에도 평정심을 유지하던 그는, 사랑이라는 말이 끝나기 무섭게 턱수염부터 뒷머리를 두 손으로 천천히 쓸어 올렸다. 고뇌로 가득한 그의 머리는 이미 추수가 끝나 있었다. 그는 금방이라도 지나가는 연인들에게 너나 가라 하와이, 라고 말할 태세였다. 자신의 삶을 관통하고 지나간 사랑에 어떤 방어적 기제가 작동하는 듯했다.

"사랑? 거 웃기는 거군. 루왁커피처럼 겉과 속을 알 수 없고, 캡슐커피처럼 규격화되어 있는 것. 또 시럽이나 크림 따위를 잔뜩 뿌려 본래 맛을 잃었을 때라야 의미를 갖는 요즘의 커피처럼 말이야. 그런 의미에서 이런 세상에서는 싸고 달달한 인스턴트커피가 제일이지."

"지금 과당 경쟁을 할 때가 아니라고요! 혹시 누가 가져가는 걸 보지 못했나요?"

"주위를 한번 둘러봐. 그런 걸 누가 가져가겠어? 사랑은 없지만, 사랑이야기는 넘쳐나는 이 마당에! 자본의 프레임 안에서 사랑은 물신화 된 지 오래야. 사랑을 돈으로 살 수 없다고 하는 것은 이미 신화의 뒤안길로 사라졌지. 사람을 돈으로 사기 시작했거든. 사람들은 스스로 상품이 되는 걸 마다하지 않아. 그래서 포장이 필요한 거야. 자신의 사랑은 단순한 욕망의 실현을 넘어 어떤 운명적 가치로 그럴듯하게 설명이 되어야만 해. 달에만 존재하는 신념 같은 거지. 사랑을 하는 건지, 사랑한다고 믿는 건지도 모르면서 말이야. 여기에는 없어. 이곳에는 가져갈 것도 없고, 잃을 것도 없어. 돈과 소유에만 괘념하는 개념 없는 사람도 없지."

노년의 사장은 알아듣지 못할 말만 골라서 했다. 그는 마치 현실과 괴리된 다른 공간과 시간에 살고 있는 사람처럼 말했다. 에디터의 말대로였다. 커피공화국에는 보이지 않는 국경이 실재했다. 그곳의 언어는 바깥세상에서는 쉽사리 통용될 수 없을 것처럼 들렸다.

내가 세상 다 끝난 얼굴을 하고 물었다.

"그럼 도대체 어디에서 제 이야기를 찾을 수 있을까요?"

그가 다시 하늘을 올려다보며 말했다.

"눈을 감고, 눈을 한번 떠봐."

"그게 무슨 쌍꺼풀 수술 실패한 의사 같은 소리예요!"

"그리고, 보이지 않는 곳에서 한번 찾아봐. 존재하지만 존재하지 않는 것에서! 이 카페도 불과 어제까지는 자네에게 존재하지 않는 곳이었지."

개와 늑대의 시간이 지나고, 이제 막 떠오른 별의 몇만 년 전 별빛이 그의 머리에서 반짝이고 있었다.

D-6 병신과 머저리

거대한 그림자가 대지에 드리워졌다. 그것은 촌각을 다투며 땅의 지배자로 자라고 있었다. 땅 짚고 헤엄치듯 우리를 뒤쫓았다. 손바닥으로 하늘을 가리듯 우리를 들여다봤다. 세상에서 가장 큰 멕시코 메뚜기들이었다.

위악적 현실에 몸이 반응하지 않는 건 생각의 사치였다. 나는 마감 임박 원고를 들고 뛰었고, 여행에서 돌아온 친구는 크루즈 선원 제복을 갈아입지도 못한 채 기항지 없는 행선에 합류했다.

윙, 윙, 윙, 윙.

멕시코 메뚜기들의 날갯짓은 일순 평지 풍파를 일으켰고, 산지의 그림자를 소거했다. 그림자의 속살은 어둠 속에서 드러났다. 저들의 뇌는 저들의 뇌부터 갉아먹었다. 야만성은 자신을 죽인 뒤 자신의 영혼에 내리는 불멸의 저주였다.

"저들은 흡사 날개 달린 외계인 같아!"

"저들의 원칙은 오직 하나야. 씹히면, 삼킨다!"

저들은 세상에 둘도 없는 커다란 두 눈과 이빨을 가지고 있었다. 우리의 발은 보이지 않을 정도로 저들의 무차별적인 탐식성에 동의했다. 무분별한 FTA로 외국산 곤충까지 무비자로 국경을 넘나들었다. 무자비했다. 저들이 지나간 자리에는 그 무엇도 남아 있지 않았다. 양심도 없었다. 멕시코 메뚜기들은 몸에 좋다는 국산 농산물을 모조리 먹어 치우며 농촌을 쑥대밭으로 만들었다. 날 강도였다. 여차하면 내 원고까지 먹어 치울 기세였는데, 저들의 큰 눈은 작은 문자를 읽어내지 못했다.

저들은 그저 먹는 것으로 생을 채울 만큼 위대했을 뿐이었다.

저들의 비행은 계속됐다. 참새들과도 단 한 번 싸운 적이 없었던 허수아비는 앙상하게 뼈대만 남았고, 이장님의 소리 소문은 소리 소문 없이 사라졌다. 자식들이 찾지 않는 할머니의 집에는 정적만이 가득했다.

윙, 윙, 윙, 윙.

그사이 저들과 우리 사이의 경계는 허물어지고 있었다. 공포는 정점으로 치달았다. 정점은 늘 먹고사는 문제로 귀결됐다.

절망으로 헛배를 채운 내가 자급자족적으로 말했다.

"곤충은 미래 식량이라는데, 그래서 저렇게 미리 먹어두는 건가?"

"배부른 소리 집어치워! 저들에겐 미래지만, 우리에겐 현재야."

"김치까지 먹어 치울 줄은 몰랐어."

"그래. 배추도, 고춧가루도 중국산이야."

"휴게소는 휴업해도, 호두과자는 안 돼."

"그래. 호두도, 밀가루도 미국산이야."

친구는 식량주권주의에 부정적인 전망을 내놓았다. 결국 농촌이 초토화되고 남은 것은 멕시코 메뚜기들도 먹지 못하는 유전자 변형 농산물이 전부였다.

윙, 윙, 윙, 윙.

농촌에서 먹을 것이 바닥나자 멕시코 메뚜기들은 도시로 이동했다. 그 선연한 악명을 더 떨치고 싶었는지, 저들의 날개는 지칠 줄 몰랐고, 그 아가리는 힘든 줄 몰랐다. 그 대가리는 배가 얼마나 찼는지도 몰랐다. 저들은 늘 하던 대로 닥치는 대로 거리를 접수했다. 시장질서의 혼란이 극에 달했다. 여러 피해지역 가운데서도 방제시스템을 갖추지 못한 재래시장의 피해가 가장 컸다.

추격전에 지칠 대로 지친 내가 잼 같은 땀을 닦아내며 피로를 호소했다.

"더는 버틸 수 없어……."

"그래? 그럼 절반쯤 온 거야. 버티는 건 그때부터 시작이야."

"눈뜨고 볼 수 없어……."

"그래? 그럼 눈을 뜬 거야. 세계를 보는 건 그때부터 시작이야."

표층의 세계에서 심층의 세계로의 전환은 벅찬 절망이 견인했다. 그렇게 뚜껑이 열리기 시작했다. 길이 열리기 시작했다. 맨홀은 그 이름처럼 사람을 위한 통로였다. 우리는 맨홀 뚜껑을 뽑아 들고 하수구로 숨어들었다.

가슴이 벅차올랐다. 시작부터 부패의 향기가 폐부를 점유했다. 진중한 분위기 일색이었다. 칠흑 같은 어둠이 시야를 획일화했다. 깊이 있었다. 어둠의 깊이는 빛의 도달거리를 재지 않았다.

더 이상 나락이 없음을 확인한 친구가 말했다.

"이곳은 또 하나의 세계야. 당분간 여기서 버티자."

"죽었다 깨어나도 안 되겠어."

"일단 죽었다 깨어나봐."

"살아서 나갈 수 있을까?"

"죽으면 나갈 수 없어."

"이건 산 것도, 죽은 것도 아니야."

"죽었다고 생각했는데 숨이 쉬어지면 살고 싶어질 거야."

그는 절망에 관대했다. 나는 살가운 그의 태도에 문제를 제기했다.

"그런데, 왜 아까부터 내 다리를 간지럽히며 말하는 거야?"

"그게 무슨 연고도 없는 소리야? 벌써 습진이라도 온 거야?"

"……."

나락에 끝이 있다는 건 귀신 씻나락 까먹는 소리였다. 불행히도 어둠에서의 감각은 평소의 그것을 훌쩍 상회했다. 한 올 한 올의 섬모 조직이 피부에 느껴질 때마다 머리카락이 한 올 한 올 주뼛섰다. 견디기 힘든 농밀한 터치였다.

어둠도 곧 익숙해지고 있었다. 멀기를 바랐던 눈은 어둠에서 멀어졌다. 그 끔찍한 광경이 보이기 시작한 것이다.

서걱, 서걱, 서걱, 서걱.

죽었다고 생각했는데 언제나 살아 있는 생명체. 수천 마리의 바퀴벌레가 먹이를 찾아 더듬이를 곧추세우고 있었다. 그리고 셀 수도 없이 많은 다리가 내 다리를 건너다니고 있었다. 그것은 세상에서 가장 큰 마다가스카르 바퀴벌레였다. 역시나 무비자였다.

입이 벌어지는 압도적인 광경에, 내적 갈등을 발산할 무대 조성의 여건은 충분했다. 우리는 값비싼 수입 뮤지컬의 불행한 주인공들처럼 합창했다.

"발에 밟히는 게, 바퀴벌레뿐이라면, 차라리 하수구에서, 익사하는 게 낫겠어!"

"눈에 보이는 게, 바퀴벌레뿐이라면, 차라리 메뚜기에게, 뜯기는 편이 낫겠어!"

영혼이 없었다. 우리의 노래는 한동안 계속됐다.

지하 세계는 입추의 여지도, 밝은 세상의 이면을 반추할 그림자도 없었다. 우리는 다시 지상을 향했다. 바로 직전으로의 직진이었으나 그것은 전에 없던 세계로의 회귀였다.

눈이 부셨다. 귀가 멍했다. 이가 시렸다. 어렵게 뽑아 든 맨홀을 딛고 선 후에야 그것이 삶과 죽음의 경계였음을 목도했다. 도시인들의 낙원은 이미 황무지로 변해 있었다. 오랜 기간 그들이 착취해 온 지방, 즉 식민지 같았다. 영원할 것이라고 믿었던 물질적 풍요와 말초적 쾌락은 미물과 약자의 피로 만든 산제사였고, 그 피가 뿌려진 대지에서 환생한 죽음의 봉기는 다시 도시인들을 멸절했다.

큰 것들은 모두 사라졌다.

그제야 보이기 시작했다. 눈에 잘 보이지도 않는 작은 것들이 움직이고 있었다. 소리 없이 꿈틀대고 있었다. 그 희망은 작은 것이었지만 살아 있는 것이었다. 작은 생명들이 쌓아놓은 개미집. 저들의 큰 눈은 작은 생명을 인지하지 못했다.

내가 작은 것을 보고 커진 눈으로 말했다.

"작은 개미들이 거대한 메뚜기 떼를 피했어."

친구가 주변을 둘러보며 동조했다.

"오직 이 작은 집만이 거대한 피해를 비껴갔어."

우리는 개미핥기처럼 긴 찬탄의 혀를 날름거리며 개미집 주변을 떠날 줄 몰랐다. 그의 살가운 태도는 여전했다.

"그런데, 왜 아까부터 내 귀에 바람을 불어넣는 거야?"

"그게 무슨 바람둥이 모양 빠지는 소리야? 벌써 이명이라도 온 거야?"

"……."

어디선가 뜨거운 바람이 불어오기 시작했다. 불길함이 훈풍을 타고 삽시간에 날아왔다. 지위고하를 막론하고 이상한 점이 감지됐다. 집 밖에 있던 개미들이 줄지어 집 안으로 이동했고, 이내 개미집 위에 검은 점은 셋, 둘, 하나 사라졌다.

같은 시간, 구름 한 점 없는 맑은 하늘에 검은 점이 하나, 둘, 셋 스스로를 복제했다. 그리고 점으로 기하급수를 시작했다. 그것은 깨죽 같기도, 죽은 깨 같기도 했다. 중요한 것은 속도가 아니라 방향이었다. 확산속도는 살인적이었고, 그것은 인간을 향해 있었다.

윙, 윙, 윙, 윙.

직시하기 어려운 진실의 향기가 피어났다. 순간 정신이 혼미하기까지 했다.

"저들이 어떻게 우리 소재를 파악한 거지?"

"이제 보니 알겠어……."

그것은 늘 자신만 모르는 사실이었다. 역지사지의 발견은 저들의 동물적인 습성 때문이 아니었다. 저들의 동물적인 감각 때문이 아니었다. 저들의 동물적인 후각 때문이 아니었다.

단지 똥물적인 하수구 냄새 때문이었다.

"도망가!"

"그걸 말로 하냐?"

다, 다, 다, 다.

우리는 작살 맞은 뱀장어처럼 온몸으로 뛰어올랐다. 있는 힘껏 대지에 박차를 가했다. 친구의 모자가 주인을 잃고 허공에 나부꼈다. 나는 끝까지 손에서 놓지 않았던 원고를 개미집에 떨어뜨렸다. 마감 임박 원고였지만, 죽음 임박 피고였다. 그것은 내 손을 떠나 있었다.

"앞만 보고 달려!"

"뒤를 보고 달릴 수도 있냐?"

발만 동동 굴렀다. 보이지 않는 무게가 발목을 잡았다. 대관절

접히지 않았다. 어쩐 일인지 우리의 두 발은 콘크리트 반죽 위를 걷는 것처럼 진도를 빼지 못했다. 몸과 마음의 엇박자에 희망은 굳어갔다.

시간은 우리의 편이 아니었다. 냄새도 우리의 편이 아니었다. 우리는 저들의 편이 아니었다. 저들은 누구의 편도 아니었다.

윙.

발이 더 이상 떨어지지 않았다. 땅이 꺼질 듯 거친 숨소리만 내려앉았다. 때마침 발맞춰 저들의 소리도 잦아들었다. 친구는 말없이 숙연한 표정이었다.

내가 안도의 한숨을 내쉬며 말했다.

"저들은 어디론가 모두 사라졌어. 거짓말처럼 한 마리도 보이지 않아."

"그런데…… 무겁지 않아?" 친구가 돌 같은 말을 툭 던졌다.

"이제 날아갈 것 같아."

"그래도, 무겁지 않아?"

"무겁지도, 무섭지도 않아."

"그러면, 너 뒤를 보고 달릴 수도 있냐?"

"……."

마음이 돌같이 툭 떨어졌다. 불행히도 도주상태의 감각은 평소의 그것을 훌쩍 하회했다. 식물인간이 되기를 바랐던 몸은 동물인간으로 변모했다. 저들의 등쌀에 못 이겨 그 끔찍한 광경이 보이기 시작한 것이다.

사라졌다고 생각했는데 언제나 살아 있는 생명체. 수천 마리의 메뚜기가 겹겹이 층을 이뤄 내 등에 붙어 있었다. 그리고 일제히 날개를 펴 내 온몸으로 파고들었다.

윙. 윙. 윙. 윙.

"으악, 저리 가! 저리 가!"

치익…… 치익…….

방 안에는 연기만이 자욱했다. 이리 보고 저리 봐도 이승인지 저승인지 알 수 없었다. 멕시코 메뚜기들은 모두 어디론가 사라졌다.

온몸에 힘이 빠져 있었다. 오직 한 군데 뚜렷이 힘이 남아 있는 곳은 오른손 검지였다. 잠에서 깬 나는 에프킬라를 손에 쥐고 있었다. 용기 안 살충액은 바닥나 더 이상 살포되지 않았고, 분무용 액화석유가스만이 미세하게 새어 나왔다.

평소 자연친화적이던 방 안에서 노닐던 모기는 뜻하지 않게 박멸됐다. 파리 날렸다. 곤충이라고는 개미 한 마리 없었다.

#

사라진 원고는 일상을 파괴한 파생상품이었다.

사건 현장은 피로 물들었다. 카페 주변 쓰레기통, 화장실, 하수구 등 음지만을 골라 날이 새도록 파헤쳤지만 찰과상과 극심한 피로만 남았다. 말로는 국내 최고의 수선 기술을 가졌다고 주장하는 구두수선 골목마저 어수선해졌다. 평소 출간된 원고를 쓰레기통에서 발견하는 것도 그리 어려운 일은 아니었기에 상품성은 배가 됐다.

"그 원고를 한 장이라도 읽었다면, 누구도 그것을 버릴 수 없을 텐데. 그것이 설사 환경미화원일지라도."

새것은 쓰레기가 될 수 있지만, 쓰레기는 새것이 될 수 없었다. 원고는 쓰레기가 될 수 있지만, 쓰레기도 원고가 될 수 있었다.

뜨거웠던 사랑에 곰삭듯 식어버린 곰인형만이 고압적인 전봇대 아래서 사연 많은 골목을 지키고 있었다.

내적갈등은 외적갈등으로 그 외연을 확장했다. 무엇보다 잡지사 주변 지역에서 폐지를 줍는 개미할머니와의 마찰이 가장 큰 문제였다. 사건은 카페 골목 안쪽 복지 사각지대에서 벌어졌다. 할머니는 예상치 못한 젊은 피의 등장에 경계와 경멸의 눈빛을 번갈아 보냈다.

"젊은 사람이 이런 곳까지 와서 늙은이 밥줄마저 다 빼앗아 가는구먼. 그래, 그저 늙으면 죽어야……."

할머니가 폐품 더미를 힘겹게 리어카에 올리며 말했다. 굽은 허리는 곧 부러질 것 같았다.

"아니에요. 할머니. 지금 제가 죽게 생겼어요! 이런 상태라면 할머니보다 결코 늦지 않을 겁니다."

반대편에서 쓰레기통을 뒤지던 내가 해명했다.

"쯧쯧, 늙은이한테 못하는 소리가 없구먼. 저렇게 얼마 살지도 않은 목숨을 걸고 득달같이 덤벼드니 나같이 힘없는 노인은 어찌 살겠는가. 그저 늙으면 죽어야…….”

할머니의 주름에 시름이 깊어 보였다. 백발에는 지나온 세월이 무겁게 내려앉았다. 할머니는 내 간절함을 생존권에 대한 도전으로 받아들였다.

“그게 아니라 제가 잃어버린 것이…….”

나는 하던 일을 멈추고 리어카 쪽으로 다가갔다. 할머니를 돕기 위해서였다. 폐품을 한가득 품에 안은 할머니가 극도의 경계심을 드러내며 말했다.

“저리 가! 저리 가!”

“할머니, 그게 아니라.”

“다 알아! 다 알아!”

“그거 이리 주세요.”

“리어카에서 손 떼! 이건 내가 죽으면 가져가!”

할머니의 가슴에서 무엇인가 떨어졌다. 할머니가 부들부들 떨리는 손으로 리어카 손잡이를 움켜쥐었다. 그리고 놓지 않았다.

개미할머니는 번번이 자신의 생명을 담보로 내게 위협을 가했다. 당연한 일이었다. 사계절 밤낮을 가리지 않고 일하는 할머니에게 폐지가 사라지는 것은 여생의 철폐를 의미했다. 할머니에게 쓰레기는 새 삶이었다. 함께 사는 손녀가 어느덧 대학생이라는 말도 들렸다.

할머니는 하루 종일 모은 폐지가 담긴 리어카를 끌고 어디론가 사라졌다.

#

"오, 마침내 가난이 얼굴에도 찾아왔군요. 잘 못 먹어서 얼굴에 기름기도, 웃음기도 싹 가셨네요."

문제는 결국 공권력의 동원으로까지 이어졌다. 지구에 다시는 떠오를 것 같지 않던 해가 지구대 위로 빼꼼히 떠오른 이후였다. 거기에 때마침 그가 있었다. 추적에 시동을 걸어야 했다.

내가 기어들어가는 소리로 말했다.

"끄으, 요즘은 재미가 좀 어때?"

"시원치 않아요. 어제는 하나도 안 죽었어요."

"죽겠군."

"죽지 못해 사는 거죠."

"내가 말했잖아. 살고자 하면 죽고, 죽고자 하면 그래도 죽는다고. 그래서 웃어야 한다고. 어차피 다 웃자고 하는 짓이라고. 그런데 말이야, 웃을 일이 사라졌어. 죽겠다는 거지. 내 말은 그러니까, 내 원고가 말이지……."

지구대 민원창구에 앉아 ABC초콜릿으로 당을 보충하고 있던 임 순경에게 나는 서둘러 원고 얘기부터 꺼냈다. 특수 관계 때문이었다. 내 민원은 곧 그의 민원이었다. 나는 그에게 세금을 주었고, 그는 나에게 세금을 주었다.

그가 손사래를 치며 내 말을 끊었다.

"말도 마십쇼. 어제는 산송장을 보며 슬프기까지 했으니까. 당직 보고 후 야간순찰을 시작하자마자 클럽 앞에서 널브러진 대학생들을 발견했는데, 필시 낮부터 술을 마셔대느라 밤에 잠이 든 거죠. 언뜻 보면 정상인가 싶다가도, 아무 데서나 잠드는 걸 보니 죽을 수도 있겠다는 생각이 들었죠. 귀가조치가 불가능한 그들을 겨우 순찰차에 태웠는데, 결국은 얼마 못 가 그들의 깊은 속내를 다 들여다봤습니다."

"그 근처에는 과속 방지턱이 많아."

"사고를 막을 수는 없었어요."

그는 구토에 의연했지만, 아직까지 내 얕은 속내는 파악하지 못했다. 그래서 나는 다시 고충을 토로했다.

"청년들이 짊어져야 할 미래가 너무 커. 현실의 무게에 이자까지 붙어서 말이야. 죽겠다는 거지. 그건 그렇고 내 원고가 말이지……."

"그들을 짊어진 건 경찰들이지 말입니다. 불안한 미래까지 한꺼번에 짊어지자니 꽤나 무겁더군요. 토사물의 향연 속에서도 지구대에 가까스로 도착했지만, 끝이 아니었죠. 과연 미래를 빛낼 청년들답게 순찰차 사이렌을 보고 놀라 지랄발광을 하지 뭡니까. 그들이 빛날 곳 없는 암담한 현실, 그래서 그렇게 클럽이 필요한가 봅니다."

임 순경이 천천히 녹여 먹던 ABC초콜릿을 씹기 시작했다. 편집장의 아들처럼 내 말을 잘랐다. 심지어 구연동화처럼 또 다른 얘기를 시작했는데, 범죄 스토리텔링에 심취한 모습이었다.

임 순경이 속삭이듯 내밀하게 입술을 움직였다.

"자정쯤이었을 거예요. 빈사상태의 그들을 지구대에 안치하고 다시 순찰을 시작했는데, 이번에는 공원 풀숲에서 무엇인가 바스락거리며 움직이는 것이 포착됐죠. 어둠의 그림자가 일어나기 좋은 시간. 눈은 그곳에 고정되었고, 심장은 몸 밖으로 뛰쳐나갈 듯 요동치기 시작했죠. 설마, 하는 마음에 발레리나처럼 뒷발을 들고 가만히 다가가 보니, 달빛 아래 남녀 두 사람의 그림자가 서로 엉켜 있었습니다."

"냄새가 풀풀 나는데……."

"냄새가 풀풀 났지만, 반신반의 했습니다. 조금 더 가까이 다가가보니 실제로 남자는 상의를 입은 채 바지는 모두 내리고 있었죠."

"거 참, 바지가 아니라 내 원고가 말이지……."

"여자는 아무런 거리낌 없이 남자의 중요 부위를 어루만지며 그 곁을 지키고 있었죠."

임 순경은 긴박하게 돌아갔던 그때의 상황을 술회하며 뇌에 주름이 깊어진 낯빛이었다. 다른 얘기는 전혀 들리지 않는다는 듯 본인 입에 함몰됐다.

숨죽여 말하던 임 순경이 자리에서 벌떡 일어나 소리쳤다.

"여기가 동물의 왕국이냐고 물었죠!"

깜짝 발언이었다. 그가 민망하다는 듯 두 손으로 허리춤을 추켜

올렸다. 그러고는 다시 자리에 앉아 작아진 목소리로 속삭였다.

"공연음란죄에 해당할 수도 있었거든요. 화들짝 놀란 그들은 그제야 다급하게 바지를 끌어올렸죠. 본능에 풀어헤친 자신들의 이기심을 자책하면서."

"피치 못할 사정이 있었겠지. 그건 그렇고 내 사정이……."

"어찌 보면 일방적인 사랑이었죠. 남자는 아무 말도 못 하고 있었고, 여자는 연신 죄송합니다를 반복하며 울먹이기까지 했죠."

내가 사정사정해도, 그는 오정오정했다. 내가 답답함에 울분을 삼키며 소리쳤다.

"사랑도 공연하면 죄가 되는 거야?"

공연한 발언이었다. 그가 나를 빤히 쳐다보며 태연자약한 얼굴로 답했다.

"큰 죄는 아니었어요. 엄마가 아이를 노상방뇨 시키고 있었거든요."

지구대의 업무는 거악과의 사투가 아니라 일상과의 전쟁이었다. 연장전이었다. 업무량은 과도했지만, 계도나 훈방조치로 끝나는 일이 대부분이었다. 이런 잡무를 처리하는 것은 그가 승진하는데 도움을 주지 못했다.

그가 철없던 과거를 회상했다.

"직업정신이 투철하지 못했어요. 가뭄에 단비처럼 몇 번의 기회가 있었지만, 결정적일 때 움츠러들었죠. 데드볼을 맞고 1루에 진

루하듯, 칼빵을 맞고 병원신세라도 졌어야 했어요."

승진을 위해 담금질이 필요했다. 그가 원하는 직업은 부상자였다.

"상식이 있는 사회라면 임 순경이 대통령 표창을 받을 거야."

"그런 게 있으면 특진인데요. 혹시 옥탑방에 강도 들면 저한테 몰래 연락 좀 주십쇼. 이러다가 흉악범들 얼굴 까먹겠어요."

임 순경이 수갑을 만지작거리며 말했다. 그는 이제 강력범죄도 마다하지 않았다.

"옥탑방은 범죄 없는 마을 같은 곳이라서 쉽지 않을 거야. 그곳의 주민들은 잃을 게 없는 사람들이지. 내겐 가진 게 없다는 게 평생의 안전을 담보할 종신보험 같은 거야. 강자들이 포기한 유일한 특권, 약자라는 것 말이야. 정작 위험한 건 가진 자들이지. 강도를 당하기도 쉽고, 강도가 되기도 쉽거든."

무거운 얘기가 가볍게 오고 갔다. 가벼운 얘기도 무겁게 오고 갔다. 그 무게의 중심에 그가 원하는 것이 있었다.

"임 순경, 작년 사건 기억나?"

"백만 가지 중에 어떤 거요?"

"……."

내 민원은 곧 그의 민원이었다. 나는 그에게 그 변함없는 사실을 주입했다.

"이제 작년 사건 기억나?"

"좀 전 거요? 아니면 작년 거요?"

"……."

나는 그에게 세금을 주었고, 그는 나에게 세금을 주었다. 나는 그에게 그 변함없는 사실을 환기했다.

"말해봐. 작년 사건 기억 안 나지?"

"글쎄요. 그렇게 계속 물어보시면 아마 내년쯤에는 기억날지도 몰라요."

"……알겠어. 작년 사건 다 잊었다는 거지?"

"작년 사건이라면…… 설마……."

"설마가, 아니. 사람이 설마 잡는 거야."

"그 이야기는 잊었지만, 그 사건은 잊을 수 없죠."

"기회는 두 번 다시 오지 않아. 그러나 만에 하나 다시 온다면 세 번 다시 오지 않게 해야 해."

"잡으려고 할수록 잡히지 않았어요."

"다 그런 거야. 설마 할 때 잡히는 게……."

"설마……."

"승진이야."

그는 듣고 싶은 말만 들었다. 승진, 이란 말에 드디어 그의 눈빛이 반짝였다. 잘 들리지도 않던 내 말이 스잔처럼 들린 것이다.

그가 가장 좋아하는 가수는 김승진이었다.

"뭐냐, 그 누구냐, 김승진이라고? 스잔?"

"아니요, 할머니. 임성진이요."

그는 격무에 시달리면서도 틈나는 대로 지역의 양로원을 찾았다. 과연 민중의 지팡이다웠지만, 그 선행은 불순한 의도를 내포하고 있었다. 앞으로는 노인들의 친절한 말벗이 되곤 했지만, 뒤로는 승진에 필요한 봉사활동 시간을 챙기기에 급급했다. 지구대에서 7년째 막내였던 그는 마치 갈수기 사바나 초원에서 물을 찾아 이동하는 임팔라처럼 승진에 목말라 있었다. 물을 수도 없이 먹었지만, 승진에 목을 매지는 않았다.

그는 고등학교 졸업 후 바로 경찰공무원 준비에 들어갔다. 대학에 가지 않은 것은 엄청난 독서량 때문이었다. 그는 책을 읽지 않고는 그냥 잠자리에 들지 않았는데, 잠자리가 코스모스를 그냥 지나칠 수 없는 것과 비슷했다.

"어제는 탐정이더니, 그나마도 오늘은 범인이네. 이 불효막심한 놈!"

그는 추리소설과 탐정만화에 매료되어 있었다. 전 세계와 전 세대를 아울렀다. 그는 교과서를 등한시한 채 책에 나오는 대사를 암기했다.

과도한 몰입은 물리력 행사로 이어졌다. 그는 어머니의 제지에도 아랑곳없이 독서를 계속하다 수차례 중심부를 가격당하기도 했다.

아픈 만큼 성숙해졌다. 3년간 선행학습을 해놓은 덕분에 3년 만에 9급 순경에 합격했다. 하지만 경찰대학을 나오지 않은 그가 경찰서로 직행하는 것은 불가능했다. 설상가상 그는 민원이 가장 많은 지구대로 발령받았다. 꿈에 그리던 경찰이었지만, 잡범들과의 사투로 자연스레 승진에서 멀어졌다. 평소 조류로 폄하되는 것도 모자라 그의 계급장에는 곰팡이가 피고 있었다.

내가 그의 상기된 얼굴에 대고 말했다.

"그때와 달라. 이번엔 누군가 원고를 가져갔어."

"그렇다면 특수절도 적용이 가능한지 살펴볼게요. 그 정도면 승진 요건에도 부합해요."

"특수절도?"

"문맹일지도 모르니까요."

"……그건 문제가 안 돼. 박사여도 어차피 읽지 않으니까."

"잃어버린 원고에 농담을 모두 두고 왔군요."

"더 이상 두고 볼 수 없어."

"그런데, 프린트된 원고가 사라졌다면, 컴퓨터에 있는 파일을 다시 인쇄하면 되는 거 아닙니까?"

임 순경은 사건을 미시적으로 접근했다. 문맹이 아니면 박사라는 식이었다. 내가 진실의 특수절도를 막기 위해 첨언했다.

"그게 가능했다면 임 순경이 경찰청장 되는 것도 가능했겠지. 어디서부터 설명해야 할까. 어쨌든 시작부터 이상했어. 잘 쓰지도 않던 사랑이야기를 쓴 게 문제였지. 사랑이란 게, 세 살 난 꼬마 아가씨의 한껏 부푼 걸음마 같아서 한번 발을 들여놓기 시작하면 반드시 한번은 그 발이 꼬이고 말거든. 내가 그랬어. 어디서부터 어디까지가 꿈인지, 현실인지, 이야기 속인지도 혼란스러웠지. 믿기 힘든 일들이 계속 발발하고 있었고, 결국엔 끝을 보지도 못하고 엎어지고 말았지. 마치 모든 일이 없었던 일이 되는 것처럼."

임 순경이 ABC초콜릿에서 L, O, V, E자가 새겨진 네 개의 초콜릿을 어렵게 찾아 나열하며 말했다.

"이것은 두통을 완화시키기도 하지만, 두통을 유발하기도 하죠. 이성이 배제된 일방적인 감성 호소는 후자에 가까워요."

7년의 시간은 결코 짧지 않았다. 임 순경의 공감능력은 하루가 다르게 저하했다. 공무원도하가를 부르는 듯했다. 그는 현장에서 마주하는 사람과 사랑이란 것에 대해 질릴 대로 질렸다는 반응이었다.

임 순경이 나열한 L, O, V, E자에서 내가 E자가 새겨진 초콜릿을 가져와 말했다.

"끝까지 알 수 없는 게 사랑이야. 끝인지, 영원인지, 불행인지, 다행인지도. 그래, 알 수 없어. 엔딩 부분만을 남겨놓은 채 원고를 다 썼는데, 갑자기 키보드 자판이 하나둘 먹통이 되는 거야."

"말도 안 돼."

"내 얘기가?"

"그 고물 노트북이 이제야 고장이 났단 말이에요?"

"……그건 이메일을 열어본 이후부터였어."

임 순경이 엄지와 검지로 V자가 새겨진 초콜릿을 조심스럽게 집으며 말했다.

"바이러스?"

"미켈란젤로도 불가능했을 거야. 어떻게든 마감해보려 했지만,

그럴수록 글자는 우주로 날아갔어. 이야기를 마쳐야 할 순간에 결말은 열리고 말았지. 급기야 파일 하나를 저장하고 여는 데도 무한정 시간이 흘렀어."

임 순경이 말없이 O자가 새겨진 초콜릿을 검지로 빙글빙글 돌렸다.

"그래서 일단 인쇄부터 했지. 생각해보면 인쇄가 된 것도 기적이었어. 잉크젯 프린터로 슈퍼노트를 찍어낸 것만큼이나 말이야. 거기까지였어. 인쇄를 끝내자마자 노트북은 검은 화면을 들이밀고는 멈춰버렸어."

"도대체 무슨 이메일이었길래……."

운명의 짝을 만나보세요

당신은 사랑받기 위해 태어난 사람
커플리카에서 당신의 반쪽을 확인하세요.
(첨부파일)

내가 L자가 새겨진 초콜릿을 손톱으로 지그시 누르며 말했다.

"별생각 없이 첨부파일을 클릭했는데, 한참 동안 로딩만 계속될 뿐 열리지 않았어. 내 반쪽이 데이트 준비를 하고 있는 건지, 아니면 아예 없는 건가 했지. 아, 이때까지도 농담을 잃어버리지 않았어. 아니, 농담으로 끝나야 했지. 속았다는 생각에 운명 따윈 무시하고 원고를 마저 쓰려다가 이렇게까지 돼버린 거야. 운명에 속아 버린 거지."

거미줄 같은 실타래에서 실마리를 찾던 임 순경이 증거 보전 여부를 물었다.

"지금 노트북은 어디 있나요? 어떤 상태죠?"

"그건 컴퓨터 수리점 주인만 알겠지."

"컴퓨터 수리점이라면, 나사컴퓨터 말이에요?"

"그 이름은 들을 때마다 왠지 부담스러워."

"그럴 만해요. 주인이 미 항공우주국 나사 출신이라는 소문이 날 정도로 컴퓨터 수리에 정평이 난 사람 아닙니까? 고물 노트북에게 드디어 운명의 짝을 찾아줬군요." 임 순경이 실낱같은 희망을 비꼬며 말했다.

"주인은 이런 증상은 처음 본다면서 시간을 달라고 했어."

"사람들은 꼭 시간이 없을 때 시간을 달라고 합니다."

"남은 시간은 겨우 6일. 그에게는 시간이 있지만, 나에게는 시간이 없어. 결론을 내야만 해."

"결론이라면?"

"새로운 단편을 쓰든지, 아니면 원고를 찾는다는 가정 아래 결말 부분을 쓰든지."

내 민원을 두고 임 순경은 생각보다 긴 장고에 들어갔다. 길게 생각할 것도 없었다. 그것이 의미하는 바는 명약관화했다. 그것은 나에 대한 걱정보다는, 이 사건이 자신의 승진에 도움이 될 것인가 하는 우려였다.

그가 마침내 미색의 종이 한 장과 153 볼펜을 집어 들었다.

"일단 사건 접수를 하죠. 자, 여기 사고경위서부터 작성하세요. 제목은, 무명 희극작가 원고 도난사건이 좋겠어요."

임 순경은 경찰이기 이전에 독자였다. 그는 현업에서조차 현실 세계와 텍스트의 세계를 혼동했다. 일면 그것이 그가 연거푸 승진 대상에서 누락되는 이유가 아닌가 하는 의심이 일어났다.

"그나저나 요즘은 재미가 좀 어때?"

"시원치 않아요. 어제는 하나도 안 읽었어요."

"이번엔 다를 거야."

"작가 손을 떠났으니까요."

"이번엔 독자가 이 작품을 완성할지도 몰라."

"가능할까요?"

"정기구독권 어때?"

"잊었어요? 전 필요 없어요."

"미안해. 하지만 내가 한 얘기는 잊지 마."

의심은 합리적이었다. 임 순경이 여기저기 흩어져 있던 L, O, V, E자를 다시 찾아 나열하며 말했다.

"아, 그 미완성 원고 말인데요. 결말은 연필로 쓰세요. 왜, 사랑은 연필로 쓰라고 하잖아요."

#

"도대체 어제 무슨 일이 있었던 거냐? 병색이 완연하다."

긴 잠에서 깬 풍뎅이가 하품을 하며 물었다. 그는 여독을 풀기 위해 라면 끓일 채비에 들어갔다.

"얼굴에 쓰여 있는 대로야."

"못생겨서 잘 안 보인다."

"네 눈이 작아서 그래."

"네 가슴보다는 클 거다."

풍뎅이가 휘파람을 불며 라면을 반으로 쪼갰다. 물이 불같이 올라왔다.

"거짓말처럼 하루 만에 하루살이 같은 삶이 돼버렸어."

내가 처지를 비관하며 말했다.

풍뎅이가 싱크대 위로 날아다니는 벌레들을 쫓기 위해 손을 허공에 휘저으며 말했다.

"이놈의 하루살이는 오래도 사는군. 왜 한 마리도 자연사하지 않는 거냐."

"어제는 잠을 설쳤어. 하루가 끝나지 않았지. 하루는 일생을 닮아 있어. 그것은 눈을 감으면 끝나버려."

"눈 좀 붙여. 그러면 그 쓸데없는 입도 붙을 거야."

"입에 풀칠은 해야 하는데, 미래가 암울해."

앞날에 대한 기약도 계약도 없었다. 나는 뜬눈으로 현실을 직시했다. 그는 무시했다. 풍뎅이가 도무지 이해할 수 없다는 표정으로 반응했다.

"뭐라는 거야. 왜 있지도 않은 미래를 저당 잡아 걱정을 가불해서 쓰는 거야?"

"걱정에는 이자가 없으니까."

"네 머리가 이자야. 걱정은 돌려막기라고. 걱정은 또 다른 걱정을 불러. 그렇게 걱정한다고 달라지는 건 없다는 얘기야. 걱정이 에베레스트라도 그것이 너를 저절로 뒷산에 오르게 하진 않아. 낮은 하늘에서 살면 어때? 그냥 즐겨. 오늘을 살란 말이야."

라디오에서는 비틀스의 〈Yesterday〉 도입부가 흘러나왔다. 기울어진 살림에서도 그의 시각은 여전히 완만해 보였다.

"도대체 뭐가 그렇게 걱정이야? 삶은 그 앞에 그 무엇을 갖다 붙여도 그것으로 하나의 삶이야. 우리에게 앞에 그 무엇을 갖다 붙여도 음식이 되는 라면이 있는 것처럼. 빌어먹게도 질리지도 않지."

풍뎅이는 긍정의 아이콘이었다. 무대포로 낙관이 찍힌 백지수표를 남발했다. 내일은 남의 일이었다. 모레는 먼 미래였다. 그는 무엇이든 안 된다, 하지 말라, 는 말을 제일 싫어했다. 그만은 그만하라는 법이 없었다. 그는 심지어 내가 생활고를 견디다 못해 자살하겠다고 했을 때도 말리지 않았다.

그는 일생을 살면서 딱 한 번, 나를 말린 적이 있었다.

"말만 해 뭐든지. 말만 해."

"라면만 아니라면 뭐든지 좋아. 그 무엇이라도 라면만 아니라면."

영양학적으로 나는 이미 민간인이 아니었다. 불가에 귀의한 몸에 가까웠다. 몇 달간 복용한 라면 때문에 몸에서 사리가 나오기 일보직전이었다. 라면으로 한 끼를 더 채우면 아사할 수도 있었다. 그는 군말 없이 나를 유명 횟집으로 데려갔다.

횟집 사장이 신속, 정확, 친절이 적힌 카운터에서 달려 나와 우리를 맞이했다.

"어떤 걸로 드릴까요? 아시다시피 저희 집은 대게찜이……."

"해물파전 맛있나요?"

횟집 사장이 누가 그런 입에 담지 못할 말을 지껄이냐는 듯 우리 얼굴을 말없이 번갈아 쳐다봤다. 그가 굳어버린 밀가루 반죽처럼 뻣뻣한 말투로 답했다.

"그건 걸리적거리는 해물 사이로 종이를 씹는 맛이죠."

"……."

"그럼 매운탕은?"

"맵기는 해요."

"……."

"전어는?"

"살보다 가시가 많죠."

"……."

"아시다시피 저희 집은 대게찜이 유명합니다. 대자를 드시지 않으면 안 먹은 거나 마찬가집니다."

횟집 사장은 콕 집어 고가의 대게찜을 권했다. 다른 음식은 유령

메뉴인 것처럼 얼버무렸다. 풍뎅이는 아무 말이 없었다. 나는 횟집 사장의 권유를 200퍼센트 받아들였다.

"대게찜으로 할게요. 1인분 같은 2인분 주세요."

마법 같은 주문이었다. 그제야 풍뎅이는 부정의 아이콘으로 변신했다.

"말해봐. 꼭 작가가 돼야겠냐?"

"말했잖아. 움베르토 에코는 48세에……."

"차라리 장미의 이름을 가진 여자를 소개해줄게. 그 여자가 널 가시밭길로 가지 못하게 도와줄 거야."

"글을 쓴다는 건 가시방석에 앉겠다는 거야."

"그러다 엉덩이에 뿔난다."

"이미 옹기종기 모여 있어."

"도대체 잘 못 먹어서 아픈 거냐, 아파서 잘 못 먹는 거냐? 정말 큰 출혈을 감수하고 이곳까지 왔다. 내 진의를 의심하지는 않겠지?"

그는 내가 절필을 하는 것이 공익의 실현에 부합한다고 일관되게 주장했다.

"비웃음은 웃음이 아냐. 단순히 웃음이 아니라는 말이 아니라고."

"코미디는 도태되지 않는 태도야. 웃길 때만 웃는 게 아니라, 슬프거나 힘들 때도 웃음을 잃지 않겠다는 거야."

그다지 논쟁적이지 않은 작가를 볼모로 우리 사이에는 생전 있지 않던 반목이 격화됐다. 묘하게 뒤섞인 이중 부정과 이중 긍정의 충돌이었다.

그 사이 반사이익을 노리는 사람이 있었다. 우리의 대화 사이로 횟집 사장은 물 위를 걷듯 소리 없이 주방으로 향했다. 사업장의 사훈인 신속, 정확, 친절 중에 제일은 신속이었다.

"두 마리, 두 마리!"

횟집 사장이 주방을 향해 손가락 두 개를 정확히 펴 보였다. 이내 찜통에서 신기루 같은 증기가 피어났다. 비릿한 향기가 피어났다. 횟집 사장이 우리 쪽을 향해 천천히 돌아서는 정중히 목례를 건넸다. 사업장의 사훈인 신속, 정확, 친절 중에 친절은 가장 나중이었다.

순간 풍뎅이의 얼굴이 파랗게 질리기 시작했다. 그제야 횟집 사장과 눈을 마주치고 그와의 좁힐 수 없는 간극을 알아차렸다. 하던 얘기도 멈추고 안절부절못했다. 그렇게 1분 1초조해 보이는 모습은 처음이었다.

주방 왼편 좌불안석에 앉아 있던 그가 마침내 자리를 박차고 일어났다. 그리고 두말이 필요 없다는 듯, 횟집 사장을 향해 증기기관차 같은 목소리로 소리쳤다.

"여기 대게찜이 아니라, 대게 라면으로 줘요!"

"……."

조건 반사됐다. 나는 빈속에 헛구역질이 나왔다. 또 한 번의 라면을 목전에 두고 좀처럼 사리 판단이 되지 않았다. 그것은 횟집 사장도 마찬가지였다. 그가 김이 서린 주방 앞에 털썩 주저앉았다.

"혹시 말만 하라는 게……."

"혹시 아무 말도 하지 않은 게……."

그것이 끝이 아니었다. 풍뎅이가 기어이 횟집 사장에 조응하여 상도의에 어긋나는 요구사항을 추가로 주문했다. 그의 목청이 주방을 울렸다.

"2인분 같은 1인분으로!"

옥탑방은 봄에는 꽃가루가 날리고, 여름에는 덥고, 가을에는 배고프고, 겨울에는 추운 곳이었다. 그 열악한 환경과 부족한 자금력 등으로 인해 우리가 먹는 음식은 늘 즉흥적이었다. 음식의 영양구성, 위생상태, 미각의 자극도, 격식의 준수 등은 고려대상이 아니었다. 빠르면 3분, 최대 5분 내에 완성되는 음식이 주를 이루었다.

"소화 불량 좀 걸려봤음 좋겠어."

"음식이 불량이라 쉽지 않아."

그것조차 늘 외상으로 구매하는 통에 단골 구멍가게 주인은 외상 후 스트레스장애를 겪고 있었다.

생활고는 거짓말처럼 풍뎅이의 뿔을 더 길게 만들었다. 그는 걱정을 모두 유기한 듯 난국을 타개했다. 가스레인지가 고장 나도 남의 일이었다. 마른 오징어를 다리미에 구워 먹었다. 쌀이 바닥을 보여도 나 몰라라였다. 쌀뜨물에 설탕을 타 아침햇쌀을 만들었다. 반찬이 없어도 그러든지 말든지였다. 물과 베이킹소다로 계란찜의 부피를 몇 배나 부풀렸다. 기타 부속재료는 옥상에서 구할 수 있었다. 필요 없이 커 보이는 주인집의 장독대와 너무 말라 보잘것 없어 보이는 굴비와 길게 자라 쓸모없어 보이는 대파 같은 것들이었다.

그의 생활력이라면 그는 영생을 누려야 했다.

오, 장수하겠군. 천연기념물이 도처에 널린 산골마을에서 태어난 그는 그 이름대로 살아가고 있었다. 시작부터 예사롭지 않았는데, 그는 태어나면서 제대로 울지도 않았다. 고통이 없을 리 없었지만, 탈피를 거듭할수록 긍정의 껍질은 두꺼워졌다. 그의 이름을 지어준 작명가는 그가 100살까지 살 것, 이라고 공언했다.

그 말은 곧 유언이 됐다. 말이 끝나기 무섭게 작명가는 향년 50세를 일기로 작고했다. 세상에는 남의 운명을 이야기하는 사람이 늘 배로 많았지만, 정작 본인의 운명을 알고 있는 사람은 없었다.

풍뎅이의 천성은 날개를 펼 수 있는 하늘에서 진가를 발휘했다. 그는 일찍부터 하늘에 천착해 세계 곳곳을 자유로이 넘나들었다. 하늘을 사기 위해 땅에서 번 돈을 모두 쏟아부었다. 항공사 마일리지가 어마어마했는데, 누적 마일리지가 백만이 넘었다.

"도대체 비행기를 얼마나 타면 마일리지가 그만큼 쌓이냐?"

"천국에 다녀왔어."

"그게 가능해?"

"돈만 있으면 돼."

"……."

땅에서는 보기 힘든 접근방식도 그에게는 일상이었다. 비행 중인 항공기에서 승무원에게 들이대는 것은 기장 말고는 그만이 할 수 있는 일이었다.

그것은 두바이로 향하는 비행기였다.

"같은 언어를 쓸 수 있는 건 우리 둘뿐이군요. 제가 한국말밖에 못하는 건 비밀입니다."

"손님, 이러시면 곤란합니다."

승무원이 난처한 표정을 짓자 풍뎅이는 황당해했다.

"곤란이라…… 이게 다 누구 때문이죠? 제 마음을 곤란하게 한 건 그쪽이에요. 이상형을 물어봐도 될까요?"

"죄송합니다, 손님. 전 키가 큰 남자를 좋아합니다. 죄송합니다."

풍뎅이가 계속 질척거리자 그녀는 완곡하게 거절의사를 표시했다. 승객에게 차마 화를 낼 수는 없었다. 그를 위에서 빤히 내려다보는 것만으로도 충분했다.

풍뎅이는 물러서지 않았다. 세월의 풍파를 정면으로 내면화한 그의 얼굴은 철판보다 두꺼운 껍질로 무장되어 있었다. 그는 대수롭지 않은 듯 대처했다.

"괜찮아요. 전 불량품이라 늘어나요."

"……."

"말하지 않아도 알아요. 여성은 나쁜 남자에게 매력을 느끼죠."

"죄송합니다, 손님. 외모가 나쁜 남자는 안 됩니다. 죄송합니다."

"태도 불량인 거 알아요. 하지만 이 마음을 고백하지 못해 평생 후회하느니 불량 배라도 하겠어요."

"죄송합니다, 손님. 전 매너 있는 남자를 좋아합니다. 죄송합니다."

"괜찮아요. 전 충분히 매너리즘에 빠져 있어요."

"I strongly recommend that you remain seated with your seatbelt fastened and you do not move around the cabin."

해외여행이 일상인 풍뎅이에게는 늘 언어문제가 따라다녔다. 여행 초창기에는 입국신고서 SEX란에 숫자를 기입하기도 했고, How are you?라고 말해야 할 순간에 Who are you?라고 물으며 상대방의 안부 대신 정체성을 확인하기도 했다. 자유연애주의자인 그에게 입이 봉쇄되는 것은 치명적이었다.

그는 이런 문제를 극복하고자 각국의 여성들과 랭귀지 익스체인지에 나섰다. 문제는 바디도 익스체인지 하는 데 있었다. 대화 주제의 다양성이나 정서적인 교감의 비중은 고려 대상이 아니었다. 문제는 크게 해결되지 않았으나 크게 문제가 되지는 않았다.

스킨십은 일사천리로 진행됐다. 늘 어렵지 않게 오르가슴에 이를 수 있는 교두보를 확보했다. 말없이 입이 열리기 시작한 것이다.

그는 전 세계 5대륙 77개국을 방문한 경험을 살려 국내 여행사 가이드가 됐다.

#

“이건 지우개로 작품을 쓰는 것 같아.”

하루가 다 지나도록 한 글자도 진행되지 않고 있었다. 문장이 수문장이었다. 나를 가두고 있었다. 나사컴퓨터에서 빌려온 노트북도 손에 익지 않았다. 유난히 키가 무겁게 느껴졌다. 나무늘보가 타이핑을 해도 창세기 한두 장은 썼을 시간이었다. 인간이 등장하기도 전에 세상은 종말을 향해 가는 듯했다. 잃어버린 작품의 결말은 마감의 공기를 배제한 진공상태였고, 내 손끝은 무중력 상태였다. 그 순간에도 우주는 팽창했고, 그 어느 한 구석에 미완성 원고가 떠돌아다닌다는 생각은 머리를 떠나지 않았다.

“유서를 쓰라면 지체 없이 마감할 텐데!”

옥탑방의 천장은 목을 매기에는 너무 낮았다. 시중에 떠도는 종말의 반복적인 갱신처럼, 작품의 결말은 굳게 닫혀 있었다. 그것은 내 손을 떠나 있었다.

나는 지체 없이 글을 접었다. 접을 글이 없었고, 시간은 모두 지체했다. 세월아 네월아 할 수 없었다. 3달 4달을 할 수 없었다. 수사가 필요한 건 텍스트 밖의 세계였다. 그날의 재구성이 필요했다. 그것이 작품을 완결하는 더 빠른 길로 보였다. 수사 과장이 아니었다.

그간 임 순경에게 곁눈질하고 귀동냥해온 수사의 ABC를 적용하기로 했다. DNA 아이덴티피케이션, 프로파일링, 디지털 포렌식, 루미놀 리액션 등 여러 가지 첨단 과학수사 기법 가운데서 선택한 것은, 방대한 빅데이터를 기반으로 한 월드와이드 핸드메이드 리서치였다.

인터넷 검색이었다.

또 하나의 세상. 사람들은 그곳에서 손으로 족적을 남겼다. 의식적으로, 때로는 무의식적으로, 의도적으로, 때로는 도의적으로, 나를, 때로는 남을. 그것은 모두 로그였다. 그래서 흔적을 추적하는데 최적화되어 있었다. 포털사이트에 먼저 입력한 키워드는, 커피공화국. 원고가 사라진 날 그곳을 찾은 이들을 찾기 위해서였다.

네티즌 수사대로부터 이미 입증된 첨단 기법임은 확실했다. 들인 시간에 반비례해 기대 이상의 결과가 산출됐다. 헤아릴 수 없이 나열되는 온라인 기사와 웹문서. 그것은 신인류의 논란과 파란 만장이 쌓아올린 총아였다. 이를 모두 확인하다가는 계약일까지 확인사살 될 지경이었다. 정작 골목 구석 작은 카페는 그 어디에도 나타나지 않았다. 온라인에서조차 그것은 시류와 주류에 떠밀려 표류했다.

"누구나 볼 수 있는 곳엔, 아무런 정보도 없어."

정보는 관심 밖에 있었다. 수사범위는 블로그 검색으로 좁혀졌다. 이번에는 검색의 달인인(그것은 주로 성인물이었다) 풍뎅이의 충고대로였다.

결과는 놀라웠다. 그가 비공개 블로그에서 미공개 영상을 찾아내는 것에 비견됐다. 같은 키워드에도 검색결과는 전혀 달랐는데, 사건 당일인 5월 5일부터 이틀간 올라온 관련 포스팅은 십수 개에 불과했다. 그중 남아프리카공화국, 콜롬비아, 맥심 등 실제 사건과 무관한 것을 제외하면 관련 포스팅은 다섯 건이었다. 사람들이 이 카페를 잘 모르는 게 오히려 다행이었다. 그렇지 않았다면 누군가는 그들처럼 유명을 달리 할 수도 있었다. 옥탑방의 하늘은 목을 매기에는 너무 높았다.

한 손에 꼽을 수 있다고 해서 진행이 꼭 손쉽지는 않았다. 포스팅을 다섯 명이 했다고 해서 그 안에 꼭 다섯 명의 인물이 등장하는 것은 아니었기 때문이다. 또 장소만 특정되어 있을 뿐 사진은 제각각이었다. 저마다의 블로그에 등장한 카페 안 사람들의 모습은 유명 브랜드 카페의 그것과는 달랐다.

누가 봐도 그들은 무척 부유한 사람들로 보였다. 가진 것도 없이 세상의 속도에 떠밀려 그곳까지 온 것 같았다. 낙담의 감정을 떨구고 자신 없는 자기소개서를 다시 쓰는 취준생, 명예를 멍에로 매라며 사직서를 강요당한 직장인, 자본이 주례 서고 사회가 구속하는 결혼 문제로 고민하는 청년, 평생 가화만사성을 가훈으로 살아오다 장기적인 가정불화에 봉착한 가장…….

일정 부분 추정이었으나, 그런 사람들이 아니라면 그런 외진 곳에 오지 않았을 것이라는 확신이 양립했다. 인생의 굴곡을 온몸 가득 새긴 채, 존재의 테두리를 어떻게든 지키려는 사람들에게 그곳은 더 이상 밀려날 수 없는 심리적 마지노선이었다.

그들은 자신의 그림자도 둘 곳 없는 도시 난민이었다. 통계청에서도 수용을 거부했다. 그들은 내게도 부지기수였다. 이 가운데 원고를 가져간 범인을 특정하는 것은 불가능했다. 포스팅의 내용을 종합해도, 그들이 카페에서 시킨 메뉴, 소소한 관심사, 불투명한 얼굴, 희망의 잔량 등을 파악하는 정도였다. 무엇보다, 가능에 불을 지핀 것은 시간 문제였다. 각 블로그의 포스팅 시점이 어제부터라고 해서, 그것이 꼭 원고가 사라진 당일의 기록인지는 알 수 없었다.

별 볼 일 없었다. 그제야 해가 지기 시작했다.

어느덧 새끼손가락을 접을 차례였다. 마지막 블로그가 남았다. 블로그 검색결과는 8할이 지나가는 바람이었다.

"내 손이 사막을 걷는 것 같아."

그것은 베일에 쌓여 있는 것 같았다. 바람의 온도가 달라졌다. 손이 갈 곳을 잃었다. 노트북이 금방이라도 터질 것처럼 뜨거운 열기를 내뿜었다. 배기구에서 팬이 거친 소리를 내며 돌아갔다.

"내 눈이 알래스카를 보는 것 같아."

그것은 베일에 쌓여 있는 것 같았다. 마음의 온도가 달라졌다. 빈 화면은 온통 흰색이었고, 로딩을 반복하던 노트북은 얼어버렸다.

그것은 베일이 땅에 떨어지는 것 같았다. 링크를 클릭하고 페이지가 열리는 데는 한참의 시간이 걸렸다. 마지막은 반드시 오지만, 쉽게 오지는 않았다. 마침내 빈 화면 위로 블로그가 천천히 모습을 드러냈다.

"아라비아의 별……."

화면 상단에 블로그 이름이 먼저 눈에 들어왔다. 사막을 연상케 하는 카멜색 바탕에 은색 글씨가 반짝였다. 어딘가 모르게 낯설지 않았다. 프로필에는 별을 닮은 꽃으로 만들어진 부케 사진이 올려져 있었다. 삭막한 도시에서 본 적 없는 하얀 꽃이었다. 그 아래로 특이한 게시판 제목이 여럿 눈에 들어왔다. 게시물 수는 기수부지였으나, 파워블로거치고 블로그는 요란함 없이 차분했다. 유료 도배 작업으로 온라인 세계를 떡칠하는 경박함은 느껴지지 않았다. 여타 블로그에서 쉽게 눈에 띄는 애니메이션이나 이모티콘 하나 없었다. 당장 운영자의 얼굴은 보이지 않았지만, 블로그 인상비평으로는 이전에 본 커피공화국의 사람들과 구분됐다.

포스팅의 제목은 〈다른 나라로의 여행, 커피공화국〉. 그곳에는 각기 다른 두 장의 사진이 올려져 있었다. 첫 번째 사진에는 낡은 원목 테이블 위로 골동품 같은 커피잔과 녹슨 촛대, 편지가 보였다. 누가 보더라도 가장 올드한 것은 편지였다. 수제품을 다루는 그녀가 보통은 아니라고 느껴졌다. 세상의 속도에 부응하며 살아가는 사람들에게 손편지는 타자화 되어 있었다. 독자 편지 말고는 누군가 주고받는 것을 본 기억이 아득했다. 우편배달부조차 하루 종일 쇼핑 택배를 나르느라 편지를 볼 겨를이 없었다. 편지에는 무엇인가 긴 내용이 쓰여 있었는데, 글자의 정체를 확인할 만큼 자세히 보이지는 않았다.

커피공화국의 예가체프. 에티오피아에 다시 온 느낌.

사진 아래에는 짤막한 한줄평만 존재했다. 단순히 인상비평이 아니었다. 그녀의 감상은 이미 문학의 범주에 들어와 있었다. 너무 멀리 가버렸다. 대놓고 죽자, 서울대공원의 사자 우리만 보고 죽자 사자 그곳이 아프리카라고 우기는 것 같았다. 아프니까 청춘이라고 우기는 것 같았다.

에디터에 의하면, 커피공화국의 원두는 강화도 예가체프 카페에서 공수해온 것이었다.

두 번째 사진은 카페 내부의 모습을 담은 것이었다. 구도는 카페 입구 쪽에서 안쪽 방향이었다. 곧 벽난로의 친구가 될 테이블과 책장 등을 넓은 화각으로 잡고 있었고, 사람인지 그림자인지 알 수 없는 존재들을 정지시켜놓았다. 그것은 촬영된 지도 얼마 되지 않았고, 심지어 디지털 카메라로 찍은 것이었지만, 빛바랜 사진 같았다. 오래된 물건들로 빛을 가둬놓은 공간에서 시간은 흘러가지 않는 듯했다.

언니의 소설 속 주인공은 어디에.

사진 밑에는 누군가를 애타게 찾는 실종주의적 문장뿐이었다. 심지어 주인공을 찾고 있었다. 너무 가까이 와버렸다. 극장이든 당구장이든 할리우드라고 하는 것 같았다. 난장이가 쏘아올린 작은 공을 주인 공이라고 하는 것 같았다. 재차 사진을 들여다보았지만, 손님으로 보이는 몇 사람이 전부였다. 눈에 불을 켜도 신원미상이었다. 주인은 행방불명이었다. 눈에 각인된 것은 오직 허무 주의였다. 눈이 따갑도록 가시적인 결과였다.

"눈을 감고, 눈을 한번 떠봐."

어디선가 출처를 알 수 없는 목소리가 들렸다. 입이 삐뚤어진 모기 소리처럼 희미했다.

"눈을 감고, 눈을 한번 떠봐."

어디선가 들어본 목소리였다. 인용할 수 있었다. 귓속을 파고든 모기처럼 뼛속을 파고들었다. 순간 어떤 인공적인 빛이 번쩍이기까지 했다.

옥탑방은 고지대에 위치했다. 산소는 부족했고, 시간은 날아갔다. 그 빈자리에 환청과 환영의 연결 고리가 멀쩡한 사람을 미친 사람처럼 결박했다.

"세상에서 가장 먼저 의심해야 하는 건 내 눈이야."

눈을 감은 건 그때였다. 눈이 멀어버릴 정도로 분명한 소리였다. 그것은 귀로 들리는 것이 아닌, 내 안에서 울리는 것이었다. 중력에 늘 순응해온 카페 사장의 목소리가 신부의 그것처럼 내게 고백을 강요했다.

거대한 암전. 빛이 빛을 뚫고 나오듯 어둠이 어둠을 뚫고 나왔다. 눈 밑에서 어떤 기억이 스멀스멀 올라오고 있었다. 눈을 다시 떴을 때는, 어디선가 본 듯한 익숙한 모습이 그 기억과 일치했다. 그리고 보이지 않던 한 사람이 음영처럼 부각되기 시작했다. 사진 속 왼쪽 구석자리. 빛도 숨기 좋은 그곳에 어두운 배경으로 보이는 것. 존재하지 않는 것처럼 보이지만 존재하고 있었다. 눈으로 볼 때는 아무도 없었지만, 눈을 떴을 때는 누군가 있었다.

"저 사람은……."

그 시각에 각인된 듯 또렷했다. 그 공간을 소환한 듯 재현됐다. 에디터가 카페를 나가면서 부딪쳤던 사람. 사진 속에는 그 검은 옷의 남자가 있었다.

"뭘 그렇게 멍하니 보는 거냐?"

풍뎅이가 돌 같은 말을 툭 던졌다.

"아니야, 아무것도."

내가 영혼 없이 답했다. 그러자 그가 숨겨진 진실의 부정 수급자처럼 말했다.

"다 좋은데, 넌 늘 아무것도 아닌 걸 하는 게 문제야."

아무것도 아닌 이들로 기인해 아무것도 아닌 일로부터 용의자의 신병이 확보되고 있었다.

D-5 아라비아의 별

인도 뭄바이를 경유하여 두바이까지 날아온 비행기가 공항에 비상착륙했다. 급강하에 이은 긴박한 하드랜딩이었다. 잘 달궈진 활주로에 더해진 충격으로 비행기 바퀴에는 불이 붙었다. 인재였다. 진화가 필요했다. 승객들의 엉덩이는 저마다 비명을 질렀다.

"이런 빌어먹을, 이건 미칠 것 같은 마찰이야! 치질 개선에 차질이 왔어."

"찢어지는 고통이 뻐저리게 느껴져! 엉덩이에 호호바 오일이라도 발라야겠어."

승객들의 불만은 팽배해 있었으나 기름은 한 방울도 없었다. 진화가 되지는 않았으나 더 이상 화재를 걱정할 필요는 없었다. 승객들은 비상착륙의 이유를 난기류나 모래폭풍에서 찾으려고 했으나 그것은 잘못된 바람이었다. 사건의 원인은 경유 때문이었다. 비행

루트 변경을 계산하지 못해 비상급유에 실패한 것. 두바이에서 기름이 바닥난 것이었다.

정작 모래바람은 비상착륙 이후에 찾아왔다. 바람은 갈수록 거세져 모래 알갱이는 눈덩이처럼 불어났고, 시야는 급격히 흐려졌다. 전에 본 적 없는 시계 속에서 승객들의 웅성거림도 잦아들지 않았다. 객실 사무장으로 보이는 승무원이 승객들을 향해 말했다.

"작은 문제가 발생했습니다."

"쳇, 기장이 휴가라도 떠났어요?"

"제가 말씀드렸나요?"

"……."

"하나 더. 두바이의 현재 기온은 영상 38도입니다."

"그게 무슨 문제인데요?"

"다소 쌀쌀할 수가 있습니다."

"……."

"마지막으로. 비행 마일리지 적립은 어려울 것 같습니다."

"그건 큰 문제인데? 어째서요?"

"공항이 사라졌습니다. 모래가 쌓이고 있습니다."

어느새 불타버린 비행기 바퀴 위로 동체 가까이까지 모래가 근접했다. 승객들은 공항장애에 빠진 듯 어린아이처럼 동요했다.

"이거 휴가가 길어지겠군."

"두바이는 휴양지야, 몰랐어?"

이런 추세대로라면 모래 바다에 잠수함이 되는 것도 시간 문제였다. 모래가 바다를 품고 있는 것과는 또 다른 문제였다. 자연이 만든 가장 작고 원시적인 물질이, 인간이 만든 가장 크고 진화한 물질을 삼키고 있었다.

"나 지금 떨고 있니……."

그것이 내 입에서 나온 것인지 다른 승객의 것이었는지 불분명했다. 죽을지도 몰랐지만 깨어날지 몰랐다. 50분짜리 모래시계를 몇 번은 뒤집어보았을 시간이었다. 잠에 대한 내성은 좀처럼 진화하지 않았다. 낮 같은 기억 하나만 뚜렷했다. 승무원은 에티오피아에서 공수한 최상급 예가체프 원두, 라며 내게 커피를 두 번이나 권했다. 정신을 차렸을 때는, 비행기 안에 때늦은 정적만이 가득했다.

STOP OVER.

눈앞에 보이는 것은, 자고 있는 동안 서비스를 하지 못해 미안하다는 쪽지뿐이었다. 승무원과 승객들은 모두 어디론가 사라졌다.

망설이는 데 시간은 필요 없었다. 비상탈출에 비행기는 필요 없었다. 평지를 걷는 데 계단차는 필요 없었다. 태양이 눈뜬 모래무덤에서 눈은 필요 없었다. 휑했다. 시선이 가는 곳마다 되돌아오지 않았다.

사람들의 행방은 묘연했다. 잔잔한 바람에 남아 있는 것은 어떤 잔향뿐이었는데, 그것이 비행기 안에 사람을 남아 있지 않게 했음을 밖에 나와서야 알게 되었다. 세상의 모든 향을 휘발시킨 듯한 건조한 향이지만, 땅에 숨은 별들을 깨우는 사막의 바람처럼 사람을 끌어당기는 향. 그것은 한없이 무향에 가까웠으나 분명한 향으로 존재했다. 한 걸음 정도를 사이에 두고 그 향은 있기도, 없기도 했다. 그래서 계속 그 향을 쫓게 만들었다.

두바이 한가운데서 길을 잃었다. 길치에게는 일어나기 어려운 일이었다. 나는 가만히 있었으나, 공항이, 또 사람이 사라졌다. 비행기 후미에는 어디에서 나왔는지 알 수 없는 최고급 SUV 한 대가 덩그러니 놓여 있었다.

LAND OVER.

차량 전면부의 모래를 쓸어내니 차량 모델명이 드러났다. 글자가 하나 떨어져 있었는데, 비상착륙의 충격으로 화물칸에 실려 있던 차량이 튕겨져 나온 것 같았다. 주변을 다시 둘러봤다. 내 안의 시선 외에 여전히 시선은 돌아오지 않았다. 주인의식이 발동했다. 나는 운전석에 조심스레 엉덩이를 밀어 올렸다. 삶을 훔쳐야 했다.

삑, 삑, 삑, 삑.

시동이 걸렸다. 깜빡이는 빨간불이 눈을 고정시켰다. 규칙적인 소리가 귀를 사로잡았다. 발버둥 쳤지만 움직일 수 없었다. 차량은 시작부터 기름을 넣어달라 경고등을 울려댔다. 인간이 만든 가장 진화한 물질이, 자연이 만든 가장 원시적인 물질을 필요로 했다. 사막에서는 물로 가는 낙타가 최고의 SUV였다.

삑, 삑, 삑, 삑.

그들의 행태가 CCTV처럼 재생됐다. 그것은 소리였으나 눈과 코를 불러 일으켰다. 제 발 절인 냄새가 났다. 항공사 소행이 아니고서는 설명이 불가능했다. 비행기에 연료가 떨어지자 그들은 화물칸에 적재되어 있던 차량의 기름까지 모조리 빼 썼다. 승객들이 모르는 비상급유가 진행되고 있었다.

절도가 아니었으면 승객들은 모든 걸 잃을 뻔했다.

"이 지역 나무로 종이를 만들면 기름종이가 된다고 했는데……."

주유소를 찾아 한참을 헤맸지만 제자리였다. 가정집 수도꼭지에서도 석유가 나올 거라 철썩 같이 믿었지만, 따귀를 맞았다. 주유소의 소재는 여름날 얼음집의 운영원리 같았다. 여름에 석유를 파는 것은 얼음 반 푼어치의 이익도 남기지 못하는 일이었다. 그 어디에도 주유소는 없었다. 기름 한 방울 나지 않는 한국에 사방천지가 주유소인 것과는 대조적이었다. 오일 쇼크였다.

"사는 데 필요한 것들이, 나를 살리지는 못하네……."

차량을 포기하는 길밖에 없었다. 그 길로 한참을 걸었다. 정신적 충격과 물리적 고통이 사투를 벌였다. 태양이 투사하고 있었다. 태양이 보이지 않을 만큼 작열했다. 뜬구름 없었다. 직사광선을 넘어 즉사광선이었다.

얼마나 걸었을까. 문득 돌아보니 어느덧 모든 거대 도시가 사라지고 사막 한가운데였다. 거대한 선인장만이 무심한 듯 태양과 맞서고 있었다. 문명의 흔적은 내 발자국이 유일했다. 시간의 경계는 모래알에 각인된 바람의 흔적처럼 불투명했다. 눈으로 보는 것이 현재일 것이라 단정할 수 없었다. 지평선의 끝과 내 시선의 끝이 맞닿는 곳에서 사막폭풍이 일어났다. 마치 알리바바와 40인의 도둑이 기름을 두고 피바람 부는 사투를 벌이는 듯했다. 사투는 사람만에게만 비단 덧입혀진 것이 아니었다. 폭염에 지칠 대로 지친 비단뱀은 허물을 벗기 시작했고, 목도리도마뱀은 이제 꼬리 대신 목도리를 자르고 내달렸다. 전갈은 있는 대로 꼬리를 휘어 독침으로 자신을 쏠지 말지 고민했다.

"물, 물만 마실 수 있다면 익사해도 좋아……."

나를 죽이는 것은 나를 살릴 수도 있었다. 나를 살리는 것은 나를 죽일 수도 있었다. 기름이 아니라 물이 필요했다. 빈혈 걸린 모기처럼 목이 너무 말랐다. 지체할 시간은 모두 소진했다. 비가 내리고 있었다. 땀이 줄기차게 대지를 적셨다. 눈도 내리고 있었다. 몸에서는 하얀 소금이 분출되기 시작했다. 내 몸은 반건조 상태를 넘어 사막화되고 있었다.

"얼마나 남았을까……."

아무것도 보이지 않았지만 포기할 것도 없었다. 켜켜이 쌓인 일상의 사소함은 일면 시간을 죽인 결과이기도 했지만, 그 이면에 생명 연장의 명주 실타래 역할을 했다. 무신경한 걸음이 날 살렸다. 평소 자주 산책을 해둔 것이 상책이었다. 동네 아주머니들이 애용하는 선캡이라도 있었으면 두바이 사막을 종단할 뻔했다. 내 몸의 수분이 모두 자연으로 돌아갈 무렵, 마침내 오아시스가 나타났다.

시간을 모두 소진하고 나서야 내가 가진 시간을 알 수 있었다. 힘을 모두 소진하고 나서야 내가 가진 힘을 알 수 있었다. 나는 마지막 남은 힘을 짜내 물가로 달려갔다. 그것은 어떤 빛에 이끌려서

이기도 했는데, 나는 솟구치는 샘을 눈앞에 두고도 그 밝은 빛에 먼저 시선을 빼앗겼다. 물가 주변 금빛 모래펄이 반짝였다.

"별, 별이 땅에 떨어져 있다니……."

별안간 정신이 들었다. 그곳에는 이름 모를 꽃 한 송이가 피어 있었다. 척박한 땅에서 처음 마주한 하얀 꽃이었다. 척박한 마음에서도 처음 마주한 하얀 꽃이었다. 그 꽃잎은 육각형이었고, 별을 닮아 있었으며, 햇빛을 반사해 점점 더 환한 빛을 냈다. 눈을 감았지만 여전히 눈이 부셨다. 눈을 감았지만 온전히 눈이 뜨였다. 그제야 시선이 돌아오고 있었다.

꽃에 온 마음을 빼앗겨 목마른 것도 잊을 무렵, 오아시스는 신기루 하게도 사막으로 변모해갔다. 모래가 사장되고 있었다. 습기가 차지 않는 모래바람은 그 어떤 조건에서도 각질처럼 고운 모래를 만들어냈다. 모래는 뭘해도 모래였다. 물가는 이내 사라질 위기에 처했다.

"물먹을 수 없어……."

나는 바닥을 드러내는 물가로 다가가 머리를 처박고 미친 듯이 물을 빨아들이기 시작했다. 혀가 부르터도 상관없었다. 폐가 찢어져도 상관없었다.

꿀꺽꿀꺽, 끄억끄억, 딸꾹딸꾹.

믿을 수 없는 광경이 눈앞에 펼쳐졌다. 유전이 터졌다. 사방이 기름이었다. 팔방이 미끌거렸다. 잠에서 깬 내 입에는 1.5리터짜리 식용유 통이 물려져 있었다. 용기에 난 이빨자국은 섬뜩하기까지 했는데, 기름 한 방울 남기지 않겠다는 결연한 의지마저 느껴졌다. 그럼에도 장기 수용하지 못한 기름이 넘쳐흘러 방 안을 화력점정의 상태로 만들어놓았다. 기름으로 감행한 위세척 수준이었다. 정신이 혼미했다. 영혼이 침잠해 방바닥과 하나가 되어갔다.

지방은 포화상태였다. 포화지방과 트랜스지방의 수치는 FDA의 연간 섭취 권고기준을 가뿐히 넘어섰다. 온몸에서 느끼한 풍미가 풍겨져 나왔다. 분에 넘칠 정도로 피부에 유분이 넘쳐났다. 당장에라도 얼굴에서 기름이 뚝뚝 떨어지기 직전이었고, 머리카락에 불을 붙이면 알코올램프처럼 타들어갈 지경이었다. 이 땅에서 찾을 수 없는 유전자의 인간이었다.

방제 작업은 불가능했다. 급한 대로 양치라도 하려고 했으나 어쩐 일인지 물이 나오지 않았다. 현실은 물과 기름 같았다. 집주인 말로는 이 지역에 상수도가 처음 놓인 1979년 이래 최악의 단수, 라고 했다. 단수는 하루 종일 이어졌다.

불행이 아홉 가지라도, 중요한 것은 한 가지의 행운이었다. 식용유는 식용유였다. 사람을 죽이지는 않았다.

#

내 민원은 곧 그의 민원이라 믿었지만, 그의 민원이 먼저 내 민원이 됐다. 지구대는 사사로운 민원인들로 넘쳐났다. 그들은 지구대를 안방 드나들듯 사랑방으로 만들어 사건 해결을 저해했다.

"인마, 양치질을 그렇게 안 하니까 그 나이에 벌써 틀니 하는 거 아냐!"

"이 자식아, 넌 그렇게 잘 해서 임플란트를 한 짝이나 해 넣었냐?"

임 순경의 얼굴에 기대와 실망이 빠르게 교차했다. 사건은 하나같이 경미했다. 범죄 구성요건을 충족한 형사사건은 드물었다.

지구대 재방문은 내 유려한 인상착의가 아니었으면 인지되지 못할 수도 있었다. 임 순경이 번들거리는 나를 보며 말했다.

"무슨 좋은 음식 드셨어요? 얼굴에 기름기가 넘치는데?"

"본의 아니게 식용유 한 통을 원샷했어." 내가 느끼하게 트림했다.

"자살은 제 승진에 어떤 도움도 주지 못합니다. 자제해주세요."

"……."

그는 여전히 승진이란 일념 앞에 부동자세였다. 나는 그 경직성을 기반으로 원고 분실 전후의 경과를 진술했다. 하루를 일주일처럼, 일련의 과정을 복기했다. 그중 아라비아의 별 블로그 검색결과는 확인이 필요했다.

내가 커피공화국 사진이 담긴 노트북을 그에게 들이밀었다.

"그녀가 그 시간 그곳에 있었다는 것, 단지 우연일까?"

내 민원을 빌미로 잠시 한숨을 돌리려던 차, 임 순경은 다시 한숨을 내쉬었다. 그가 혈당 보충과 두통 완화를 위해 습관처럼 씹던 ABC초콜릿에서 A, B, C자가 새겨진 세 개의 초콜릿을 나열했다.

"입에서 단내가 날 정도로 수사의 ABC를 얘기했잖습니까? 아무도 믿지 말고 누구도 의심하지 마라, 누구나 알 수 있는 정보는 정보가 아니다, 감을 믿지 마라, 감옥 간다."

"ABC를 거꾸로 한번 들여다봐. 아는 만큼 보이지만, 이건 보이는 만큼 알 게 될 거야." 내가 초콜릿의 배열을 C, B, A로 바꾸며 말했다.

"난감하네요."

"깜깜하지."

"전문 수사기관이 그래서 필요하죠. 프로그램을 확대해볼게요."

"감옥 가면 밥은 잘 주나?"

"나쁘지 않아요."

"볼 수 있을까?"

"아직요. 하지만 분명한 건, 지금의 접근은 모조리 수사의 ABC에 저촉이 된다는 거예요. 욕을 해봐야 소용없어요. 작가님이 발견한 것은 그저 단순한 퍼즐 한 개에 불과해요. 식탐미주의자가 먹다 남긴 피자 조각만 하죠. 시간 때우기용 퍼즐이라도, 퍼즐은 그것이 구현하려는 밑그림이 있어요. 그것이 고양이 그림인지, 호랑이 그림인지 그림의 윤곽이라도 보려면 최소한 퍼즐 몇 개가 더 있어야 해요."

"난 그런 사람이 아냐."

"피자를 남길 리는 없지만, 그녀를 의심하고 있잖아요."

"사람을 찾으려는 거야."

"사람을 잡으려는 거죠."

"난 호랑이가 아냐."

"고양이도 아니에요. 차라리 배고픈 개미가 가져갔다고 하세요."

사람이 원고를 찾고, 원고가 사람을 잡았다. 사람은 유한한 개체이고, 마음은 유한한 자원이었지만, 의심은 무한했다. 지구대에서 벌어지고 있는 현상도 그것에서 기인했다.

"너 이 자식, 까불지 마! 내가 왕년에 어땠는 줄 알아?"

"있지도 않은 왕년을 네놈이 퍽이나 기억해내려고!"

지구대 민원데스크는 뉴스데스크를 압도했다. 민원인들은 사사건건 지구대를 탁상 공론의 장으로 만들었다. 우리가 대화하는 그 짧은 순간에도 그 사이를 비집고 들어왔다.

"이건 또 어디서 굴러들어온 개뼉다구야?"

"뼈해장국 먹고 왔다, 이 자식아!"

"이놈이 해장이 덜 됐나, 어디서 술술 입을 나불대!"

"해장술도 같이 먹었다, 이 자식아!"

"이놈이 술에 칼슘을 말아먹었나, 여기가 어디라고 방방 뛰어?"

"몰라, 이 자식아! 아니꼬우면 경찰 불러!"

민원관중이었다. 사람이 사람을 덮고, 사건이 사건을 덮었다. 더 많은 시간이 필요했지만, 임 순경에게 배당된 사건이 과도했다. 사건 해결의 빌미는 먹다 남은 피자 조각만 했다. 도둑고양이 발자국 같았다. 이내 배에서 꼬르륵, 소리가 났다. 슬그머니 지구대를 빠져나온 것은 헛헛한 마음을 훔치고였다.

지구대가 눈에서 멀어지던 찰나, 어떤 진실이 내게로 가까워졌다. 임 순경이 지구대 문을 박차고 뛰어나왔다. 그가 A가 새겨진 초콜릿을 내게 던지며 소리쳤다.

"얼마 되지 않았어요! 확대 해석해야 해요. 사진 속 검은 옷의 남자가 환경 관련 책을 읽고 있어요. 그녀는 작가님이 떠난 직후 그곳을 찾았어요!"

#

간발의 차이였다.

그녀를 더 알아봐야만 했다. 임 순경의 자문에 스스로 답해야 했기 때문이다. 숨겨진 이야기를 향해 그가 외친 구호는 문학적이었고, 그 의미를 발견하는 대가는 천문학적이었다.

사건은 수 싸움이라는 예기치 못한 방향으로 전개됐다. 옥탑방에 돌아와 본격적인 사이버 수사에 들어갔지만, 별천지가 나타났다. 게시물을 클릭할 때마다 블로그 상단에서 별이 쏟아졌다. 아라비아의 별. 무려 11년간의 궤적, 1,771개의 포스팅. 그것은 흔적을 넘어 기록이었다. 일상을 넘어 일생이었다. 그녀의 블로그는 그녀 자신의 삶을 총망라했다. 카테고리별로 라이프스타일, 맛집, 여행, 문화공연 등의 관련 글이 빼곡했다. 커피공화국 포스팅도 그중 하나였다. 특히 연애와 결혼에 관한 내용이 다분했는데, WEDDING

게시판에서는 스타들의 결혼식 사진을 비롯해 커플 이벤트, 연인과의 근교 여행코스, 싱글 탈출 10계명, 결혼 전 체크리스트 등의 콘텐츠가 다수 확인됐다. 연애 칼럼이나 사랑에 관한 시, 명언들도 눈에 띄었다.

"이걸 다 보다가는 눈에 쥐가 날 것 같아!"

사건은 여전히 수 싸움이라는 예기치 못한 방향으로 전개됐다. 마우스를 잡은 손은 저리다 못해 티눈이 날 것 같았다. 먹고 사는 것만큼 무서운 것은 없었다. 이걸 다 포스팅하는 것도, 그걸 다 들여다보는 것도 무시무시한 분량이었다. 공개된 개인정보가 하나 둘 비대면적으로 수집되었지만, 운영자의 얼굴은 내 눈을 피했다.

"뭘 그렇게 또 훔쳐보는 거냐? 이제 관음증에서 벗어나 좀 당당하게 살자."

한참 동안 숨을 죽이고 홈쇼핑을 시청하던 풍뎅이가 언제부터였는지 내 뒤에서 나를 훔쳐보고 있었다. 자세히 보니 TV에서는 여성 속옷 프로그램이 한창이었다.

"보고 싶은 게 있어."

내가 노트북 화면을 아래로 접으며 말했다. 풍뎅이가 눈살을 찌푸렸다.

"본능을 따라가다 보면 남의 속살이 아니라, 너의 민낯을 먼저 보게 될 거야."

"TV 좀 꺼도 될까?"

"그 입 다물어."

"이 일에 대해선 함구할게."

"도대체 무슨 일인데?"

"말해도 모를 거야."

"또 모르니까 말해봐."

"아무것도 아니야."

"다 좋은데, 넌 늘 아무것도 아닌 걸 하는 게 문제야."

"어쩌면. 어쩌면, 이게 모든 게 될 수도 있어. 설명하긴 좀 복잡해."

풍뎅이는 내가 고생을 염가구매한다는 듯 고개를 절레절레 저으며 질색했다.

"세계 경제가 위험해요, 라거나. 지구가 온난화하고 있어요, 라거나. 설명하긴 좀 복잡해, 같은 하나 마나 한 얘기 하지 말고 까놓고 말을 해봐. 무슨 일이야?"

"그게……."

"말해봐. 너도 알다시피 난 입이 천근만근 무겁다."

"그래서 턱이 그렇게 길어졌냐?"

"이거 얘기가 길어지겠군."

"……한 여자에 관한 문제야."

여자, 라는 말에 풍뎅이의 태도는 180도 돌변했다. 말없이 내게 악수를 청하며 내 손을 꼭 부여잡았다. 회색분자가 공산주의자가 된 것 같았다.

"이제야 인생에 대해서 이야기하는군. 그래, 여생은 여자와의 인생이라고. 미안하다. 널 과소평가했다. 이건 진지하고 깊이 있는 내면의 성찰이 필요한 문제지. 자, 말해봐. 어떻게 인연을 맺게 된 처자인지. 얼굴은 얼마나 고운지, 그리고 가슴은 얼마나 방대한지도." 그가 화색이 도는 얼굴로 말했다.

"신체 발달사항은 나도 잘 모르겠어." 내가 찬물을 끼얹었다.

"저런, 성별 외에 핵심정보는 다 누락되어 있군."

풍뎅이는 자신이 필요로 했던 신상정보에서 소외되자 다시 탐탁지 않은 표정을 지었다. 홈쇼핑 채널의 프로그램은 어느덧 멕시코 수입식품 판매방송으로 바뀌어 있었다.

한 가지 의문이 계속 나를 사로잡았다.

"그녀가 그 시간 그곳에 있었다는 것, 단지 우연일까?"

풍뎅이의 얼굴에는 그것이 우문이라고 쓰여 있었다. 별로 대수롭지 않은 일을 크게 만든다고 평가절하했다.

"그건 음모이거나, 흠모일 거야."

그가 궁금한 것은 따로 있었다. 그것만으로 동기부여는 충분했다. 그는 용의자가 단지 여자라는 이유로 추적에 함께 뛰어들었다. 물론, 미모의 유무를 확인할 때까지라는 단서가 존재했다.

우리는 서로 다른 소기의 목적을 달성하기 위해 그녀를 엿보기 시작했다. 타인의 삶을 수집했다. 삶을 타인으로 교환했다. 지난하고도 고단한 일이었다. 그러나 벌겋게 충혈된 눈과 달리 어쩐 일인지 마음은 정화되어갔는데, 포스팅된 사진의 대부분이 아름다운 풍경이나 사물이었기 때문이었다.

강, 산, 새, 별, 꽃, 눈, 물, 빛…… 이름만 보고 LOVE 게시판부터 뒤진 것이 문제였다. 그녀가 사랑하는 것. 진정 소중한 것은 모두 값이 없었고, 모두에게 소중한 것이었다.

그녀는 간헐적으로만 모습을 드러냈다.

"드디어 찾았어."

"벌써 몇 번째야? 이번에도 아니면 뒤통수 맞을 각오를 하는 게 좋을 거야."

"저기 멀리 유리창. 유리창에 비친 그녀의 얼굴이 보여!"

"어디 보자…… 내 차라리 심령사진을 보고 말지. 저건 얼굴이 아니라 뒤통수 아냐!"

안면인식 장애가 있어도 크게 문제 될 것은 없었다. 운영자의 얼굴은 베일에 가려 있었다. 다른 주제의 게시판으로 옮겨봐도 결과는 마찬가지였다. 그녀는 객체지향적으로 사진의 배경으로만 존재했다. 클로즈업된 모습은 전무했다. 닫힌 세상 가까이에 사는 것 같았다.

풍뎅이의 얼굴에 실망의 기운이 역력했다.

"이 여자는 인어공주가 분명하다. 다만, 이 경우에는 얼굴이 어류이고, 몸이 인류인 거야. 마그리트의 상상이 현실이 된 거지. 그러니 얼굴을 감출 수밖에. 나는 이 여자가 못생겼다는 데에 내 오른손 손모가지를 건다!"

"아직도 걸 수 있는 손모가지가 남아 있냐?"

"……."

풍뎅이는 자신의 신체를 담보로 주장을 관철하려는 경우가 많았다. 그의 말대로라면 그는 이미 수년 전 팔에서 손목이 분리되어 있어야 했다. 오류가 많았던 그는 늘 분리불안에 시달렸다.

"으악, 징그러워!"

"얼마나 잔인한 걸 봤길래 그래? 거울이라도 본 거 아냐?"

〈닭발랐어요〉라는 포스팅에서 풍뎅이는 조류로 만든 음식에 대한 체질적 거부감을 드러냈다. 그는 왕성한 식욕에도 불구하고 날개가 달린 동물은 절대 먹지 않았다. 자신이 실제 장수풍뎅이라도 되는 것처럼 감정을 이입했다. 공장식 축산에서 기인한 조류 살처분에도 슬픔이 남달랐던 그였다.

"아니, 이것 좀 봐. 이 여자는 도대체 매운 닭발을 몇 인분이나 먹은 거야?" 풍뎅이가 믿기 어려운 현실을 목도하며 혀를 내둘렀다.

"닭뼈가 수북이 쌓인 걸 보니 5인분 정도는 되겠는데." 내가 담담하게 말했다.

"그렇게 간단한 문제가 아냐. 닭발 5인분이 고작 닭 5마리에서 나온 것을 얘기하는 게 아니잖아. 훨씬 많은 닭들이지. 이렇게 많은 닭발이 유통되고 있다면, 다리를 잃은 그 닭들은 어떻게 걸어 다니는 거야?"

"……."

닭발은 시작에 불과했다. 그녀는 튼튼한 두 발로 맛집 다니는 것을 즐기는 듯했다. PLATE라는 게시판 제목부터 심상치 않았다. 그곳에는 유명세와 칼로리가 최고조에 이른 음식들이 죄다 모여 있었다.

그냥 지나칠 수 없었다. 허기를 달래기 위한 눈요기 때문만은 아니었다. 수많은 맛집의 등장에 그 진위 여부가 수면 위로 떠올랐다. 국내 여행 가이드라는 풍뎅이의 직업적 특성이 발현됐다. 본 적 없는 그녀의 얼굴은 잠시 잊혀 있었다.

"저기는 죽기 전에 반드시 가봐야 할 맛집 아냐? 퓨전 한류의 중심이라고."

매스컴을 빌미로 내가 목소리를 높였다. 그녀가 찾은 곳은 지상파와 케이블을 넘나들며 10개가 넘는 방송프로그램에서 집중 보도된 군산의 떡갈비집이었다.

풍뎅이가 실신하는 시늉을 하며 말했다.

"죽기 전에 꼭 먹어야 하는 것은 맞아. 이대로 죽는 게 낫겠구나, 라는 생각이 들 정도로 둘이 죽다가 하나 먹어도 모를 맛이지."

그는 내 주장이 일고의 가치도 없다는 태도였다. 글로벌 트렌드를 빌미로 내가 반박했다.

"퓨전 한류잖아."

"퓨전 한류? 이건 떡도 아니고, 갈비도 아냐. 이 정도로 비싸고 맛없는 집도 드물지. 30년 전통의 집이라고 하는데, 내가 보기엔 30년 고통의 집이야."

"퓨전 한류라고."

"퓨전 한류? 금발의 러시아 종업원이 서빙을 하긴 하는데, 큰 맘 먹고 떡갈비를 주문했는데도, 그녀가 단호하게 날 몰아붙였다고."

"뭐라고?"

"1인분 안 돼, 라고."

풍뎅이가 내게 본말을 전도했다. 〈떡치고 갈비〉에 이어 〈커피보다 피순대〉에서 맛집 논란은 논쟁으로 격화됐다. 하루에도 몇 번씩 순장되고 마는 일상의 오기와 생채기투성이인 인생의 체기가 동시에 발동했다.

"그럼 이 피순대집은 어때? 전주에서도 최고로 칠뿐더러 아주 소주 도둑이지."

로컬의 유명세를 빌미로 내가 확신했다. 나를 흘겨보던 풍뎅이가 혈압이 올라간다는 듯 아랫입술을 꽉 깨물었다. 버거워 보이는 그 입술은 위태로운 붉은빛을 띠고 있었다.

"빈혈 있냐? 피가 모자라지 않는 한 이 집엔 가지 마."

"그게 무슨 피도 눈물도 없는 소리야? 이곳은 아무리 피곤해도 피해갈 수 없는 맛집이라고."

"알코올을 피할 수는 없겠지. 그 비릿한 맛을 물리치려면. 엄청난 선지의 함량 때문에 소주를 몇 병이나 같이 먹었는데도 도리어 혈중알코올농도 수치가 떨어질 지경이야."

"……."

풍뎅이는 인정머리가 없었다. 그의 머리는 그 무엇도 쉽게 인정하려 들지 않았다. 하지만 새벽닭이 울기 전까지 그가 전국 3대 맛집으로 불리는 곳까지 세 번 부정할 수는 없었다.

"마지막이야. 여기 강릉의 짬뽕집. 이곳을 인정하지 않으면 뇌가 없는 거다. 인지상정이지. 여긴 갈 때마다 반하는 맛 아냐?"

블로그 리뷰를 빌미로 내가 극찬했다. 그가 내 혀를 깨물고 싶다는 듯 윘니, 아랫니로 마찰음을 내며 말했다.

"갈 때마다 변하는 맛이겠지. 번뇌가 가득한 맛. 넉넉한 인심의 조미료에 매료된 거지. 아마 그걸 먹고 난 뒤 마시는 사이다가 10배는 더 맛있을 거다."

맛집 논쟁은 싱겁게 끝났다. 맛은 맘 같지 않았다. 생활고로 외식업에서 한동안 소외된 내가, 여행 가이드로 일하는 풍뎅이의 상대가 될 수는 없었다. 돼지고기쌈보다는 쌈짓돈에 없는 맛도 만들어내는 미디어에 기댄 것이 패착이었다. 맛집이란 허상은 경험의 맺집 없이는 공허할 뿐이었다.

"네 원고를 가져간 사람은 분명 난독증이 있거나 고단한 인생을 살고 있을 거다."

기대하던 여성이 등장하지 않자, 풍뎅이는 어디론가 나가버렸다. 그 모습은 흡사 짝짓기를 위해 날갯짓하는 장수풍뎅이 같았다. 그의 올곧은 성품으로 봤을 때, 그의 비행 목적은 성품과는 무관한 미모의 여성이라는 것을 어렵지 않게 짐작할 수 있었다.

#

〈마지막 비행. 두바이. 바이.〉를 찾은 것은 풍뎅이가 나간 지 한참 뒤였다. 그 실마리는 두루마리 휴지 특가세일 수량만큼이나 풀어내기 어려웠다. 내 알 바가 아니라는 말을 넘어, 내 알바가 아니라는 말이 나올 정도로 노동집약적이었다. 이번이 마지막이야, 이게 마지막이야, 정말 마지막이야, 내 모든 걸 걸고 마지막이야를 몇 번이나 나지막이 외쳤다.

맛집 게시물에 대한 포만감에 시선은 PLATE 게시판에서 FLIGHT 게시판으로 옮겨졌는데, 그것은 상대적 박탈감을 넘어 자연스레 내 결핍을 드러냈다. 기근은 생활 속에서 늘 나를 짓밟는 것이었다. 그리고 나는 단 한 번도 비행기를 타고 외국 땅을 밟아본 적이 없었다. 살면서 편집장을 비롯한 많은 이들의 미움을 샀지만, 출입국 심사원의 눈 밖에 난 적은 없었다. 사람들은 나를 우주에 다녀온 외계인 보듯 했다.

비행기를 타지 않고 세계 곳곳을 누비는 것이 불가능한 것만은 아니었다. 한국은 지구촌이었다. 촌놈도 1박 2일이면 유구한 동서양의 유적지에서 문화적 다양성을 체험할 수 있었다. 인천 차이나타운, 파주 프로방스, 가평 쁘티 프랑스, 아산 지중해마을, 영남 알프스, 남해 독일마을, 제주 아프리카박물관 등이 대표적이었다. 그곳에서 한국 사람은 좀처럼 찾아보기 어려웠다.

찬란한 한국의 문화유산도 빠질 수 없었는데, 특히 동두천에서 만날 수 있는 어린이박물관은 세계에서도 유일했다.

"어린이들이 언제 멸종했냐?"

"유리벽 안에는 도대체 뭐가 있는 거냐?"

매표소 앞. 방문객들은 저마다 아동인권에 대한 강한 의문을 제기했다. 유엔아동권리위원회의 지적대로 한국의 아동인권 수준은 글로벌 스탠더드에 전혀 부합하지 못했다.

함께 따라온 어린이들의 동심이 파괴되고 있었다.

다시 봐도 칠칠맞았다. 77개국이었다. 부루마블이 아니었다. 그녀는 비행기를 타고 실제 이 모든 곳을 다녀왔다. 방문 도시 수는 다 셀 수도 없었다. 제과업으로 유명한 뉴욕, 과수업으로 유명한 캘리포니아, 상업으로 유명한 베니스, 유흥업으로 유명한 테헤란 등은 극히 일부에 불과했다.

FLIGHT 게시판의 업로드는 3년 전을 끝으로 멈춰 있었는데, 계속되었다면(혹은 방문국을 모두 다루지 않았을 가능성도 있었다) 방문 국가가 100개국을 넘었을지도 모를 일이었다. 여권 하나에 각국 입국 도장을 다 받기도 힘든 여건이었다.

온라인 세계에서는 여권이 필요 없었다. 풍뎅이의 현장 가이드도 필요하지 않았다. 발품을 팔 필요도 없었다. 그녀가 걸었던 흔적들을 유적지 돌듯 손으로, 눈으로, 그대로 밟았다. 길은 알고 있을 것 같았다. 세상의 반대편에서도 사람들의 발자국은 겹치고 지워지기를 반복했다. 그것은 또 다른 층위의 경험으로, 흔적으로 남고 있었다. 그것은 모두 로그였다.

경험은 공유할 수 있지만, 분리할 수는 없었다. 결국 멈춰버린 그 하나하나의 흔적들은 그녀의 정체를 드러내기 시작했다. 시간이 늘 소멸의 편에 서 있는 것은 아니었다. 나는 한 발 한 발 실체적 진실에 접근했다. 실마리의 가장 끝은 두루마리 휴지 한 칸 크기의 사진 한 장이었다. 블로그를 들여다보기 시작한 지 반나절이나 경과한 뒤였다.

"이건 하나같이 다 똑같잖아……."

규칙은 매몰을 불렀다. 혼란이 산란했다. 월리를 찾고 있었다. 답은 분명 프레임 안에 있지만, 심지어 그것을 보고 있지만, 내 눈이 나를 속이고 있었다. 눈을 부릅뜰수록 깜깜한 진실이 부릅떴다. 필경 그녀의 얼굴을 찾았지만, 여전히 그녀가 누구인지 알 수 없었다.

사진은 결격사유가 충분했다. 단체사진인 것도 모자라 미녀과 다였다. 눈은 이내 안정을 찾았으나 호흡이 곤란했다. 사진 속에는 다수의 한국인과 외국인이 뒤섞여 있었다. 어림잡아 20여 명, 그 가운데 베일을 쓰고 있는 사람은 아무도 없었다. 피아식별이 불가능했던 것은 저마다 두르고 있는 빨간 모자와 하얀 스카프 때문이었다. 그것은 정체성의 발로인 동시에 정체성의 혼란이었다.

두바이를 거점으로 운항하는 아랍에미레이트 항공사. 지문을 지워내듯 찾아 헤맨 그녀의 흔적은 세계 곳곳에 남아 있었다. 다만 그 흔적은 손에 힘을 주면 줄수록 손아귀를 빠져나가는 사막의 모래 같았다.

#

“만난 적도 없는 여자와 헤어진 기분이야. 그건 헤어진 여자를 만나지 못하는 것보다 더 해진 마음이야.”

출처가 없는 생각은 출구가 없이 오래 지속됐다. 복도의 끝에 비상구가 있듯, 생각의 끝에 비상구가 없었다. 가설만 난무했다. 가능성은 둘 중 하나였다. 그 감정이 잘못되었거나, 혹은 우리가 아는 사이거나. 숨기고 싶은 가설은, 그녀가 그 시간 그곳에 있었다는 것이 우연이 아니라는 것이었다.

시작의 끝에 결론이 있듯, 결론의 끝에 시작이 있었다. 결론에 도달하지 못한 나는 다시 처음으로 돌아왔다. 블로그 내 게시물 검색은 날을 새워서 해 볼 수 있는 마지막 방법이었다. 잿빛 도시의 밤하늘에는 아직 별이 떠 있었다. 아라비아의 별. 인터넷 검색을 처음 시작했을 때 발견한 키워드이자 블로그 이름. 같은 낱말로 다른 무엇이라도 찾을 수 있다면 각골난망이었다. 도시는 여전히 삭막했고, 그것을 전복하는 데 필요한 것은 오아시스가 아닌, 작게 피어난 꽃 한 송이였다. 그 꽃은 여전히 환한 빛을 냈다.

그사이 돌아오지 못하는 사람이 하나 있었다. 풍뎅이는 밤늦도록 옥탑방에 모습을 드러내지 않았다. 미모의 여성을 찾아 어두운 거리를 배회하고 있음이 분명했다. 그의 이상형은 처음 만난 여자였다. 그 이상은 없었다.

우리는 엇갈린 운명을 맞이했다. 광대가 된 것은 내가 먼저였다. 나는 방구석에서 손 하나 까딱하고 그가 그토록 원하던 미모의 여성을 찾았다. 눈에 잘 띄지 않았던 GROUNDSTAR 게시판이었다.

처음 만난 여자가 아니었다.

그것은 착한 아름다움이 아니었다. 얼굴에 또 하나의 층위를 부여한 진한 화장. 그것을 스모키 메이크업, 이라고 부르는 것은 그녀가 담배를 피우기 때문만은 아니었다. 잿빛 긴 생머리와 짙은 검은 깊은 눈동자. 그 기운은 다소 어둡고 날카로워 보였으나 뭇 남성들의 폐부는 열려라 참깨였다. 물에 적신 듯 몸에 달라붙는 진한 와인색 니트에 검은색 미니스커트. 급회전 코스가 많은 롤러코스터처럼 마땅히 눈 둘 곳을 찾기 힘들어 난처했다. 단순한 성숙미가 아니었다. 그것은 숙성미였다. 위엄이 있으면서도 위험한 외모였다. 그 반사회적인 매력이 일파만파 퍼지지 않을까 위태로워 보였다.

그녀가 홀로 빈방에 앉아 글만 쓴다는 사실은 믿기 힘들지만 사실이었다. 3년 전, 당시 많은 출판 관계자들이 생각했다. 그녀가 사라졌다고. 그녀는 살아 있었다.

『아라비아의 로맨스』 출간기념회에서 언니와.

라일락. 꽃향기 맡으며 잊을 수 없는 기억을 우리는 공유하고 있었다.

그녀는 시들어버린 문학계에 들불처럼 떠오른 인기 작가였다. 눈에 띄는 문장뿐만이 아니라 눈에 튀는 외모를 지닌 별종이었다.

한국 소설은 재미가 없어 읽지 않는다는 이들에게도 그녀의 소설은 날개 돋친 듯 팔렸다. 번역할 수 없는 사실이었다. 특히 자유분방함에 더해진 엘리트 이미지로 젊은 여성들에게 인기가 많았다.

그녀의 작품은 로맨틱 코미디가 아닌 에로틱 코미디를 추구했다. 대표작인 「소셜 커머스, 섹스」는 사랑 없는 잠자리처럼 허무하고, 필요한 것 같은데 필요하지 않은 현대의 소비적 연애 행태를 르포르타주 형식으로 담아냈다.

"앤, 사실…… 저 처음이에요."

"괜찮아요. 저도 처음이에요."

"정말요?"

"저도 조이 씨는 처음이에요."

"……."

그 행보는 늘 위태위태했다. 작품마다 사회의 속살을 드러내는(실상 그것은 인간의 속살을 더 많이 드러냈다) 파격적인 내용으로 인기를 한 몸에 받았지만, 미디어와 대중의 과도한 관심에 부담을 느낀 그녀는 몇 건의 출판계약을 파기한 채 홀연히 사라졌다.

파다한 소문을 남긴 1년을 넘긴 긴 잠적 기간. 그녀를 두바이에서 봤다, 방콕에 있다, 제주 해녀학교에서 물질하고 있다 등의 제보가 난무했다. 검증해야 했으나, 동조했다. 민감한 사안에 둔중했다. 언론의 추측성 기사는 이미 문학의 한 갈래로 자리매김했다.

"이제 소설 쓰기도 지치네."

"그, 그녀는 아니었나 봐요!"

결국 신작 출간기념회를 통해 복귀했지만 논란은 계속됐다. 작품 내용은 더 고색창연해졌고, 외모는 더 화려해져 성형논란으로까지 이어졌다. 놀라는 사람이 속출했다. 지면과 지폐에 불이 붙었다. 그녀의 책은 또다시 대박이 났고《코미디킹》과의 파격적인 전속계약으로 이어졌다.

그것 또한 착한 아름다움이 아니었다. 극단적 아름다움은 나를 한낱 멸시의 대상으로 삼았다. 그녀 옆의 한 사람. 실재와, 그것을 초월하는 존재의 강을 거스르지 못하는 언어의 형용모순만을 낳고 있었다.

어떤 유모도 그녀의 미모를 온전히 받아낼 수 없었다. 당신만을 사랑한다는 말은 그녀에 대한 모독이었다. 그것은 비교대상이 있음을 전제한 말이었다. 하늘거리는 하늘색 나풀치마에 타이트한 흰색 블라우스. 천국이 멀리 있지 않음을 직감할 수 있었다. 치마길이만큼이나 너무 짧지도, 너무 길지도 않은 단발머리에, 순간 언니의 긴 생머리는 물에 젖은 미역처럼 거추장스럽게 느껴졌다.

그녀의 입술은 나를 더욱 구차하게 만들었다. 핑크 립스틱은 결코 심심하지 않고 요염했다. 그녀의 입에서는 피톤치드가 나오는 듯했다. 맑은 기운이 모니터에 녹아내렸다. 깨끗했다. 티 날 정도로 잡티 하나 없는 얼굴, 웃고 있는 그녀의 눈은 완전히 반달이 됐다. 반할 수밖에 없었다. 원적외선이 나오는 것 같았다. 무자비한 이슬람 무장단체도 무장해제 될 수밖에 없었다. 세계평화가 멀리 있지 않음을 직감할 수 있었다.

사방팔방 어디에서 봐도 천생여자였다. 팔방미인이었다.

그제야 알게 되었다. 왜 그녀가 그토록 자신의 사진을 블로그에 올리지 않았는지.

임 순경에게 했던 말을 철회할 수밖에 없었다. 아는 만큼 보이지만, 보이는 것만큼 아는 것은 아니었다. 머릿속에는 엉킨 실타래가 하나 더 굴러다니기 시작했다. 마침내 찾아낸 그녀가《코미디킹》전속 인기작가의 지인(가족이나 친척으로 보기에는 종의 기원이 달랐다)이라는 것. 그것도 자신의 블로그에 유일무이한 사진으로 기록해놓을 만큼 의미 있는 관계라는 것.

그리고…… 한 가지가 더 있었다.

《더 위트》는 라이벌 잡지인《코미디킹》의 부상으로 심각한 매출 감소에 직면했다. 존폐 문제까지 거론될 정도로 초유의 위기였다. 그 구조조정의 중심에 내가 있었다. 2위와 압도적인 격차를 보이고 있는 퇴출 1순위였다. 재계약과의 사투를 벌일 수밖에 없는 이유였다.

모든 일은 단지 우연일 뿐이라고 눈감아버릴 수 없었다. 명멸하고 있었다. 굳어버린 희망의 콘크리트에 하늘을 내어준 삭막한 도시 한가운데, 정체를 알 수 없는 밝은 별이 땅에 떨어졌다.

D-4 커플레이션

아무도 사랑을 몰랐다. 놀이공원에서 처음 만난 그녀는, 네가 만나는 건 내가 아닌 나야, 네가 원하는 게 사랑이 아닌 사랑인 것처럼, 이라고 도발하며 내게 다가왔다. 그것은 말의 해석이나 관계 진전과는 무관하게 유희였다. 정해진 목적지를 두고 영혼 없이 달리는 회전목마 같았다. 사랑은 미명이 필요한 이들의 변명이었다.

아무도 사랑을 몰랐다. 놀이공원에서 처음 만난 그녀는, 사랑은 서로 아는 게 많아서가 아니라 모르기 때문에 성립해, 사람을 알면 사랑을 하지 않을 테니, 라며 내게 몸을 맡겼다. 그것은 말의 정합성이나 형식 논리와는 무관하게 유효했다. 두려움을 느끼며 즐거워하는 롤러코스터 같았다. 그녀의 말은 쿨했지만, 그녀의 입술은 뜨거웠다. 그녀는 열대지방의 꽃처럼 화려했다.

사람들은 사랑을 하기도 전에 사랑하는 사이가 됐다. 사람들은 헤어지기도 전에 헤어진 사이가 됐다. 제주에서 시작됐다. 7년을 만난 여자친구와 헤어지는 건 한순간이었다. 일주일도 채 걸리지 않았다. 내 눈이 수시로 나를 속인 결과였다. 그녀는 들키지 않기 위해 피어난 들꽃 같았다. 정신을 차렸을 때는 이미 비행기가 떠난 뒤였다.

님에 침묵하며 우리는 남쪽을 향했다. 연인이란 마주 보고 있을 때는 가장 가까운 사이지만, 등을 돌리면 이내 가장 먼 사이였다.

"아무 사이도 아니야. 믿어줘."

"우리 사이에 있잖아. 헤어져."

남보다도 못했다. 외도의 현장을 도외시했다. 익숙한 연애 이면에 숨겨진 미성숙한 사랑은 음습한 습지에서 흔들리는 그것처럼 음지를 지향했다. 갈 데까지 간 것이다. 공공장소에서의 공연한 애정행각은 수많은 공익 제보자들에 의해 낱낱이 드러났다.

굳은 믿음은 한순간에 무너졌다. 차라리 그렇게 굳게 믿는 것이 나았다.

"사랑은 달에만 존재하는 신념 같은 거야."

유난히 많은 햇빛을 반사하는 돌하르방에서 커피공화국 사장의 목소리가 들렸다. 가만히 들여다보니 모자가 있어야 할 머리 쪽에는 강한 중력뿐만이 아니라 거센 풍력도 작용하고 있었다.

그것은 어쩌면 7년 동안 서서히 풍화되고 있었는지도 몰랐다. 크기와 길이의 문제가 아니었다. 사랑은 언제나 풍전등화였다. 욕망의 눈이 만들어낸 관계가 풍비박산 나는 것은 하루가 채 걸리지 않았다. 눈이 나를 속이는 데 걸린 시간이었다. 놀이공원의 폐장시간은 정해져 있었다. 아무도 사랑을 몰랐다. 제주에서 끝이 났다.

한때는 유원지였지만, 이제는 유배지였다. 스스로를 제주의 거센 바람에 내던지며 긴 자숙의 시간을 보냈다. 간과한 것이 한 가지 있었는데, 제주에는 여자가 산다는 사실이었다. 엎친 데 덮친 격으로 게스트하우스 사람들은 물 대신 술을 음용했다.

숙박업소를 빙자한 무허가 양조장이었다. 불법영업은 주인이 바뀐 1년 전부터 자행됐다. 현장에서는 소맥을 비롯한 고진감래주, 홍익인간주, 소백산맥주 등 각종 주류가 전통 방식에 의해 제조되고 있었다. 상처받은 영혼들을 치유해준다는 명분 아래 알코올계 진통제를 무분별하게 남용하고 있었던 것이다.

"……이렇게 먹다가 죽는 거 아니에요?"

"술 먹다가 죽었다는 사람 못 봤어."

"좀 전에는 피까지 토했다고요!"

"폼 잡는답시고 싸구려 레드 와인을 마셔서 그렇잖아."

이미 구토를 세 번이나 하고 돌아왔지만 게스트하우스 주인은 구토에 의연했다.

"다들 세상 마지막 날인 것처럼 마시고 있잖아요? 이러다가 정말 마지막 날이 될 수도 있다고요!"

심신미약 상태에 다다른 내가, 임상으로 체험한 알코올의 위해성을 다시 환기했다.

"술 먹다가 죽었다는 사람 못 봤어, 정말이야."

"지금 제정신이에요? 음주로 인한 사망사고가 한 해에 얼마나 되는지 알기나 해요?"

게스트하우스 주인은 내 반응을 예상이라도 한 듯 미리 말아놓은 폭탄주를 미련 없이 목구멍에 밀어 넣었다. 이내 목구멍에서 넘친 술이 입술을 건너 목을 타고 흘러내렸다. 주인은 여전히 술이 줄지 않는 내 잔을 뇌관 보듯 바라봤다.

"음주 뺑소니 때문이야."

"봐요, 정신이 오락가락하잖아요!"

"맞아. 오락가락해서 그래. 사고는 술을 계속 먹지 않아서 야기됐다고! 음주를 그만두고 딴짓을 하다가 모조리 터진 거라고, 정말이야."

"……."

제주에서의 마지막 날. 분에 넘치는 소맥파티가 있을 거라는 예고와는 달리, 현장에는 천하장사 소시지와 새우깡만 나뒹굴었다. 육류와 해산물로 위장했지만 저마다 높은 밀가루 함유량을 지닌 식품이었다.

"술은 아끼는 거 아냐. 그럼 못써. 그 몸 뭐에 써?"

게스트하우스 주인의 살신성인에 한라산소주만은 마르지 않는 샘처럼 제공됐다. 실신성인 직전에 이른 손님들은 일제히 소주를 원샷하며 경이로움마저 느꼈다.

"이건 개인의 주량을 획기적으로 증가시켜."

"한번 손댄 이상 누구도 손 뗄 수 없어."

게스트하우스 주인은 모나지 않은 사람이었다. 그는 기존의 각진 소주잔과 달리, 잔 아래가 반달처럼 둥근 소주잔을 구비하고 있었다. 무게중심 따위는 배제되어 있었다. 손님들은 잔을 테이블에 내려놓을 수가 없어 할 수 없이 원샷을 해야만 했다.

그게 끝이 아니었다. 게스트하우스 주인은 개방된 세계관을 가지고 있었다. 유리천장 같은 기존의 관습을 타파했다. 소주잔의 허리에는 구멍 두 개가 양쪽으로 송송 뚫려 있어 손님들은 손쓸 겨를 없이 원샷을 해야만 했다.

"술안주로 술을 먹는 사람은 처음 봐."

"주류협회에서 공로패라도 줘야 돼."

상황이 이쯤 되자 손님들은 게스트하우스 주인의 건강에 심각한 의문을 갖기 시작했다. 장사 하루 이틀만 할 태도로 세상의 모든 술을 마셔서 없애겠다는 결기까지 느껴졌기 때문이었다.

"걱정할 것 없어. 일간지 기획특집에 술이 건강을 망친다고 나와서 과감히 끊어버렸어, 정말이야." 게스트하우스 주인이 문제의식에 공감한다는 듯 말했다.

"아니, 지금도 술을 고래고래 계속 마시고 있잖아요?"

"신문을 끊어버렸어."

"……."

손님들은 단순 강요에 의해 술을 마신 것이 아니었다. 그것은 자기주도적인 게스트하우스 주인의 매력 때문이었다. 사랑 많고, 사람 많은 그는 이제 갓 마흔을 넘긴 젊은 사장이었다.

애주가였으며, 돌싱이었다. 여성이라는 건 비밀이었다.

"자자, 즐거운 음주를 위해 지나친 건강을 삼가자!"

이제 현장은 통제가 불가능했다. 사람들이 상식과 이별한 건 오래전 일이었다. 사람들의 이성은 이미 강제해산 되고 없었다. 풍기문란의 정도는 소돔과 고모라도 혀를 내두를 지경이었다. 내일은 없는 것이 분명했다.

"……나 오늘 밤은 어둠이 무서워요."

도시에서는 나를 거들떠보지도 않을 것 같은 여인들이 도서에서는 저마다 들떠 있었다. 필요 이상으로 신체접촉을 감행하며 술을 강권했다.

"전 그쪽이 더 무서워요. 도대체 그 몸은 알코올을 흡수하는 겁니까? 증발하는 겁니까?" 내가 거머리 여인을 품속에서 떼어내며 말했다.

이미 알코올 분해효소는 모두 분해되고 없었다. 나는 더 이상의 알코올 수용이 불가능했다. 나머지는 대지의 몫이었다.

"잔머리 쓰는 거 보니 아직이에요."

피를 머금은 듯 여인의 붉은 입술이 알코올에 타올랐다.

"살려주세요!"

"모두 죽자고 하는데 살겠다는 거 보니 아직 제정신이에요."

"잘못했어요!"

"귀한 술을 다 버린 죄. 이제 벌을 달게 받아요."

"우웁, 웁, 웁……."

게스트하우스 주인의 직업은 음주인이었다. 술에 관한 한 그의 권위는 존중되어야만 했다. 사고가 벌어졌다. 막간에 음주 공백이 발생한 때였다.

타의에 의해 긴 자숙의 시간이 변질되어가던 찰나, 타락한 천국은 지옥으로 바뀌었다. 한 사람. 세상은 늘 어떤 한 사람을 통해 그 사이를 전면 개방했다. 사랑은 볼모였다.

게스트하우스 앞마당. 어두운 조명 아래 반딧불이의 날개가 빛을 실어 나르고 있었다. 그것은 시간보다 빠르게 낮을 배달했다. 미물이 하나같이 가리키는 것은 명징하게도, 그녀였다. 그녀의 얼굴 때문이 아니었다. 반딧불이가 들꽃에 앉아 있는 모습 때문이었다. 그녀의 이름은 꽃의 이름과 똑같았다.

머리에는 화산이, 동공에는 지진이, 가슴에는 해일이, 발끝에는 전기가 일어났다. 일어날 수 있는 모든 감정이 온몸 구석구석에서 요동쳤다. 오직 입만이 감정의 치외 법권 지역에서 질펀하게 놀아났다.

헐어버린 말문은 힘겹게 열렸다. 오그라들었던 숨통이 서서히 팽창했다. 흡착되어 있던 거머리 여인의 구강 압력이 낮아졌다. 나머지는 대지의 몫이었다.

"어떻게 네가 여기에……."

그녀의 볼에 손을 댈 뻔했다. 눈보다는 손을 믿었다.

"저를, 아시나요?"

이제는 귀까지 의심하게 만들었다.

"미안해……."

"네?"

"나도 잘 몰랐어……."

"취하신 것 같아요."

"존댓말은 안 하기로 했잖아. 그게 벌써……."

그것은 투명인간 사이의 대화 같았다. 그녀는 나를 처음 보는 사람처럼 행동했다. 그 행동양식은 밤의 깊이나 술의 농도와는 무관해 보였다.

그녀가 내게 물었다. 순간 반딧불이가 반짝였다.

"혹시, 우리 전에 만난 적이 있나요?"

말이 끝나기 무섭게 몸의 어딘가에서 뜨거운 것이 떨어졌다. 흐려질 것 같았지만, 우리 두 사람의 존재가 보다 선명해졌다. 그녀는 내가 눈을 감았다 뜰 때마다 점점 더 앳돼 보였다. 시간과 시각은 서로를 소멸했다. 이따금 그녀에 대한 사랑의 감정과 미움의 감정을 모두 소진했을 때만 상상했던 일. 경험은 공유할 수 있지만, 분리할 수는 없었다. 그때로 다시 돌아가는 것은 잊지 못할 추억을 남긴 채 헤어지는 것보다 힘든 일이었다.

"미안해요. 사람을 잘못 봤어요. 미안해요. 미안합니다……."

"……."

시간은 오로지 그녀에게만 거꾸로 흘렀다. 그녀는 나와 사귀기 전 7년 전의 모습을 하고 있었다. 제주에서 시작됐다. 같은 장소였다. 아무도 사랑을 몰랐다.

"날카로운 첫키스의 추억……."

중요한 장면에서 필름을 갈아 끼운 행인이 난입했다. 토사물로 비옥해진 대지에서 벌떡 깨어났다. 어둠보다 무서운 여인이 맞았다. 그녀의 입에서 소독약처럼 달달한 공포의 냄새가 났다. 여인 주변으로 안개가 연기처럼 짙게 깔렸다. 어디선가 늑대 울음소리가 전설의 고향처럼 들려왔다. 장르의 변곡점은 가팔랐다.

"그새 다른 여자에게로 간 거 보니 아직이에요."

여인이 나를 노려보며 말했다. 그 눈빛은 거머리였다.

"용서하세요!"

"모두 죽자고 하는데 살겠다고 했죠? 그건 암세포나 하는 짓이에요. 이제 발암둥이는 죽어줘야겠어요."

"으악!"

여인은 내 머리를 두 손으로 움켜쥐고 다짜고짜 흔들었다. 그 머리는 거머리였다.

북청사자놀음.

한의 정서는 고전 물리학 따위로 설명할 수 있는 게 아니었다. 그 힘은 몸에서 나오는 게 아니었다. 그 힘은 놈으로부터 나왔다. 풍요로웠던 대지에 가을걷이가 한창인 상황. 나는 평상 아래로 몸을 숨기기 위해 전력을 다했으나, 여인은 다부졌다. 암적 존재를 타파하며 권선징악의 전통을 계승했다.

"으악, 내 머리! 내 머리!"

내 머리가 아니었다. 가슴만 휑한 게 아니었다. 식은땀을 흘리며 일어나보니 머리 한편에 광활한 이물감이 느껴졌다. 껌이 붙었을 때보다 몇 배나 되는 끈끈함. 우정도 이만하면 손색없었다.

"머리는 제모가 필요 없다고……."

쥐 끈끈이였다. 옥탑방 쥐들의 개체수를 조절하기 위해 몇 달 전 싱크대 밑에 넣어둔 것이었다. 우수 중소기업에서 제대로 만든 제품이었다. 오랜 기간 제 역할을 못한다고 생각했지만, 끈끈이는 진득함을 잃지 않았다. 단지 기회가 없었을 뿐이었다.

단 한 번의 기회. 결국 설치류를 잡으려고 설치던 인류 하나가 설치물에 걸려들었다.

#

편집장실로 다시 소환된 것은 아침에 먹은 충격이 채 소화되기도 전이었다. 재계약 결정까지 불과 4일. 편집장의 불편한 심기는 아직 진화되지 않은 듯했다. 의약품 냉장고의 냉매 소리가 갈수록 거칠어졌다.

"쯧쯧, 머리는 또 그게 뭐야? 쥐가 파먹기라도 한 거야?"

편집장은 한 움큼 뜯긴 내 머리를 바라보며 한심하다는 듯 연신 혀를 끌끌댔다. 그 혀에 목이 달려 있었다. 나는 편집장의 동정심에 호소했다.

"옥탑방 쥐들도 주인을 잘못 만나 굶고 있습니다. 차라리 실험용 쥐로 취업하는 게 낫겠다는 여론마저 팽배해 있습니다. 동물실험에 반대하신다면 부디 재계약을……."

"물건이나 내놔. 거대한 쥐들로 가득 찬 지하실에 가둬버리기 전에! 실험할 것도 없어. 쥐똥은 작지만 지독하지."

글무덤이었다. 잡지사 지하에는 문장들이 순장되는 폐품창고가 있었다. 빛을 보지 못하고 빚이 된 재고가 그 안을 가득 채웠다. 재고는 서로에게도 짐이 되는 모양새로 켜켜이 쌓여 있었다. 그것은 밑동이 잘린 나무처럼 나이테가 정지되어 처분만을 기다렸다. 무엇을 나무랄 수 없었다. 누구를 나무랄 수 없었다. 그것은 나를 가리켰다.

삶에 매달려 있었다. 단편 「지구침공」은 그렇게 급조됐다. 이는 나의 작업이 코미디라는 장르 하나에 국한된 소품종 다량생산 방식이었기에 가능했다. 편집장이 주변의 만류에도 불구하고 나와 계약한 이유였다.

얼마간 유심히 원고를 살피던 편집장이 경이롭다는 듯 말했다.

"오, 근래에 보기 드물게 문장이 정제되어 있어……."

"이제야 편견을 걷어내셨군요. 그러면 다시 한 번 기회를 주시는 겁니까?"

"유머까지 모두 정제되어 있어……."

"……."

"오, 근래에 보기 드물게 독자적인 문장 체계마저 구축하고 있어…….”

“이번엔 칭찬이 맞는 거죠?”

“문장 사이의 밀도가 희박해…….”

“…….”

「지구침공」은 지구 도시를 장악한 외계인들을 몰아내기 위해 10년 전 아프리카를 떠난 개미핥기와 나무늘보의 초저속 SF물이었다. 이야기는 시작부터 난관에 봉착했는데, 그들 대다수가 현장에 도착하기도 전에 운명을 달리했다. 이동 중 수명이 다했기 때문이었다. 그나마도 명이 짧은 건 행운이었다. 예정된 고통은 짧아졌고, 짧은 수명에 안식은 길어졌다. 애써 도시에 발을 디딘 나무늘보는 UFO는 구경도 못 한 채 도시에서 전사했다. 전부 사망했다. 그들에게 도시는 아프리카보다 삭막한 곳이었다. 그곳에는 기대어 쉴 수 있는 나무가 한 그루도 없었다. 느리게 대화할 수 있는 친구가 한 사람도 없었다.

누가 외계인인지도 혼란스러웠다. 도시 사람들은 저마다 외계인도 들고 다니지 않는 이상한 전자장비에 목을 맨 채 바쁘게 움직였다. 삶에 매달려 있었다. 가상했지만 가상의 삶이었다.

느린 것은 답답하지만, 답답하지 않은 답을 내어주었다. 만 10년 만에 개미핥기가 도시에 도착했을 때, 놀라운 일이 벌어졌다. 외계인들이 때마침 모두 개미로 변신한 것이다. 그것은 지구에 대한 지배력 강화 때문이었는데, 협동의 개념을 몰랐던 외계인들이, 협동심이 가장 강한 생명체로 변신, 이라고 주문한 것이 화근이었다.

그들의 초능력이 빚어낸 참사였다.

개미지옥이었다. 오랜 여행으로 단백질 결핍에 시달리던 개미핥기는 개미로 변신한 외계인들을 협동이 필요 없는 곳으로 인도했다. 그 긴 혀가 날름거릴 때마다 그들에게 억압받던 도시가 해방됐다. 고생 끝에 장이 섰다. 문전성시였다.

편집장이 자신의 의약품 냉장고에서 영양갱을 하나 꺼내 물어뜯었다. 그가 검게 물들어가는 치아를 드러내며 말했다.

"뭐든지 느릿느릿한 주인공들, 도무지 긴장감이라고는 찾아볼 수가 없어. 그리고 도대체 왜 이놈의 악당들은 자꾸 지구를 침범하는 거야? 지구력도 좋아."

"소재 고갈로 지구로 돌려막는 자전적 스토리입니다."

"차라리 그냥 지구를 멸망시키는 게 낫겠어. 여러 사람이 힘들어하잖아."

편집장은 이 작품마저 블랙리스트에 올렸다. 보란 듯이 영구적으로 출판할 수 없는 PF(Permanent Failure, 영구적인 실패) 등급을 매겼다.

편집장의 재계약 거부 의사가 노골화되고 있었다. 초능력도 필요 없었다. 혀를 땅에 내리는 것 외에는 지구에서 살아남을 방법이 없었다.

"계약 초기에는 좋은 작품도 많이 남겼잖습니까. 그 가능성을 믿으시고 재계약을……."

"재고를 많이 남겼지. 악성재고. 그런 가능성이라면 사양하겠어."

"그래도 늘 여론의 주목을 받지 않았습니까?"

"비판여론이 주를 이뤘지. 노이즈 마케팅 아니냐고 의심만 샀지."

"제 마니아들마저 외면하시려는 건 아니죠?"

"외면해야 마니아가 되는 거지."

고해는 성사되지 않았다. 말이 통하지 않는 벽안의 신부는 나의 죄를 사할 생각이 없었다. 터놓을 수밖에 없었다. 해고가 성사될 수 있었으나 더 이상 숨길 수는 없었다.

"그래요, 원고가 사라졌어요."

"또 무슨 꿍꿍이야?"

"알아요, 믿기 힘들지만 사실이에요."

"작가를 믿느니, 소설을 믿겠어."

"그날을 위해 1년 동안 준비해왔죠. 결말만을 남겨놓은 회심의 원고였는데……."

편집장은 영양갱만으로는 부족하다고 느꼈는지 의약품 냉장고에서 비타민 A, B, C를 꺼내 동시에 입에 털어 넣었다. 그리고 냉장고 문을 열었다 닫았다 하며 분노에서 해방구를 찾고 있었다.

"회심의 원고라…… 내 마음을 완전히 돌아서게 해서 회심이야? 지금 그 얘기를 나보고 믿으라는 거야? 재계약의 미끼로? 실력이 없으면 최소한 자기 글에 대해 솔직하기라도 하란 말이야. 자기기만의 허구성도 이 정도면 노벨상감이라고!"

그것은 효과 빠른 부작용 내지는 위약 효과 같았다. 편집장은 약

발을 받은 듯 그동안 쌓아놓은 불만을 한꺼번에 토로했다.

"먹물을 갈아 마셔도 시원하지 않을 만큼 신물이 나! 어리바리한 인간 구제해놨더니 1년 만에 잡지사를 완전히 작살내놨어! 젠장. 하루가 다르게 어깨가 무거워. 이러다가 오십견이라도 오는 날에는…… 악! 오늘이 그날이야!"

편집장의 직업은 환자였다. 확진 판정을 받은 질환만 수십 개에 달했다. 이런 진행속도면 머지않아 오늘 내일 오늘 내일 할 처지였다. 그중에서도 가장 큰 질환은, 일에 대한 집착이었다.

"코미디킹을 좀 봐. 하루가 멀다 하고 독자수가 급증하고 있어! 글에서 돈 냄새가 나. 우리? 정반대야. 펼쳐지지 못한 잉크 냄새만 가득하지. 그건 가장 외로운 냄새야. 거지같은 향이지. 그래, 모두가 알고 있어. 우리가 철저히 외면 받고 있다는 걸. 아주 바닥을 기고 있지. 빈곤한 유머로 웃음을 구걸하는 거지처럼 말이야. 이건 왕과 거지라고!"

편집장은 정제되지 않은 언어를 남발했다. 그것은 정신건강에 이로울 것이 없었다. 유기적이지 않았다.

내가 18세기 유럽 희곡의 한 갈래를 읊조리듯 말했다.

"병의 신은 누구를 편애하는가…… 그것이 빼앗을 것 없는 가난한 자는 아닐진저…… 왕과 거지에서는 거지가 왕이 됩니다."

"그 거지는 원래부터 왕이었다고."

"또 모르죠. 사람들은 원래 모두 왕인데, 그것을 모두 잊고 거지를 숙명으로 알고 살아가고 있는지도."

#

"못 본 사이에 예뻐졌네요. 거진 못 알아볼 정도로 더 예뻐졌는데?"

"화장을 진하게 했거든요."

"그래서 못 알아봤구나……."

"……."

"몰라보게 좋아 보이긴 해요."

"그래서 몰라보는구나……."

"……."

그 얼굴. 보고 싶다고 해서 볼 수 있는 것이 아니었다. 보고 싶은 사람은 늘 보이지 않는 곳에 있었다. 예외는 없었다. 만나고 싶다고 해서 만날 수 있는 것도 아니었다. 우연이 아닌 이상, 그럴 수 있는 사람은 국내에서 손에 꼽았다.

작품 세계 때문인지, 색깔 있는 외모 때문인지 알 수 없었으나 그녀에게는 방송과 강연, 인터뷰(그것은 늘 이상한 콘셉트의 사진 촬영이 수반됐다) 요청이 폭주했다. 세상은 늘 그녀에게 논란의 중심에 서라고 강요했다.

"너, 그 얘기 들었어?"

그녀에 대한 논란의 중심에서 벗어나 있는 것은, 그녀 혼자였다. 그녀는 작품 활동 전념을 이유로 어떤 외부 일정에도 참여하지 않았다. 그간 신간 출간기념회에 몇 번 선 게 전부였다. 선비도 감당 못 할 신비주의였다.

예외는 있었다. 단지 같은 업계에 있기 때문이 아니었다. 그녀는 이미 문학계의 샛별이었고, 나는 별들과 가까운 셋방이었다. 신분 차이 극복을 위해 맘 놓고 쓸 수 있는 권리장전은 부재했다. 그것은 오히려 지지부진한 관계에서 왔다. 알지만 모르는 사이, 특별하지만 별다른 진전이 필요 없는 사이. 그녀의 이름과 같은 꽃향기를 맡으며 우리는 잊을 수 없는 기억을 공유하고 있었지만, 그녀의 분리강박은 여전했다.

그녀는 상담이 필요하다는 말에 선뜻 커피공화국으로 나왔다. 그녀는 카페 위치를 알고 있었다.

대화의 시작은 부담 없이 가벼웠다.

"코미디킹에서 일하는 건 좀 어때요?"

"별일 없어요. 재계약하고 연봉이 두 배 오른 것 말고는."

"저도 비슷해요. 재계약하고 옥탑방 월세가 두 배 올랐어요."

"……."

공유하는 지점이 있었다. 대화가 무겁게 끝난 것과는 별개였다. 아라비아의 별 블로그를 통해 지금까지 밝혀진 것은, 원고가 없어진 그날 그 시각 그녀가 커피공화국에 있었다는 것. 그리고 그녀가 라이벌 잡지 소속 작가의 둘도 없는 지인이라는 것. 우리가 걸어온 동시대의 흔적에는 서로 이해관계가 충돌하는 흔치 않은 사람이 동시에 있었다.

그리고…… 한 가지가 더 있었다.

햇수로 십오야. 새해의 밝은 둥근달이 어둠의 저편으로 사라지고 나타나기를 반복했다. 순수하지도, 불순하지도, 기억하지도, 기억나지도 않았던 불투명한 날들. 그러나 어떤 기억은 낫처럼 모질었다.

그녀를 마주칠 일은 많지 않았다. 남녀공학 고등학교였지만 남녀합반이 아니었고, 게다가 그녀는 나보다 한 살 많은 상급생이었다. 전교 부회장을 맡을 정도로 학업과 리더십이 뛰어났고, 복장도 터질 정도로 단정해서 누가 봐도 누가 될 것이 없었다.

"너, 그 얘기 들었어?"

만만 하더라도 누구에게나 비밀은 있었다. 만에 하나라도 그녀의 비밀은 공공연했다. 반쪽 인류애, 제한적 포용력, 극단적인 남성편력. 그녀는 남남노소를 막론하고 학교에서 쓸 만하다 싶은 남성을 모두 쓸어 담았다. 그것은 사랑종합선물세트를 파는 상점의 투명 비밀 같았다. 당돌한 사랑에 당해낼 재간은 없었다. 그들은 하나같이 저혈당 환자들 같았다. 닮고 닮는 제로섬의 게임. 때로는 관계에 대한 굉장히 복잡한 함수가 형성되기도 했다. 형수님과 제수씨의 신분이 하루 만에 뒤바뀌기도 한 것이다. 과거를 묻지 않는 미래지향적 족보였다.

문제의 발단은 내가 그 족보에 한 획을 그을 뻔하면서부터였다. 유사 이래 사랑은 문제가 아니었던 적이 없었다. 왕성한 학생회 활동의 연장선상이었는데, 그녀는 상담할 것이 있다며 내게 전화했고, 혹시 집이 비어 있지 않냐며 부동산 중개인 같은 말을 했다.

나는 숨길 게 없었다.

"가압류 당해서 텅 비었어요."

"……."

부의 대물림은 원천징수되고 없었다.

마침내 전화기까지 강제 집행되었고, 두 번째 전화는 원천 차단됐다. 예외는 있었다. 바보, 라는 소리를 들으며 나는 또 한 번 낙오자가 됐는데, 결과적으로 그녀가 유일하게 정복하지 못한 남성이 됐다.

상급생이었던 그녀가 먼저 대학에 진학했다. 원하던 대학의 원하던 학과였다. 사랑에서 오는 스트레스를 공부로 풀어낸 결과였다. 하지만 기쁨은 잠시였다. 해도 해도 너무 겨울해처럼 짧았다. 그녀에게 봄은 잠시 빌린 계절이었다. 가정교육과가 자신과 맞지 않는다는 것을 깨닫는 데는 그리 오랜 시간이 걸리지 않았다. 초등학교 시절부터 실과를 유독 열심히 배운 것이 과실이었다.

무엇보다, 그녀는 가정교육의 피해자였다.

"너, 그 얘기 들었어?"

그녀는 사람들의 눈을 피해 어디론가 사라졌다. 한낮에도 그녀의 그림자는 밟히지 않았고, 어느 기지국에서도 그녀의 신호는 잡히지 않았다. 그렇게 또 한 번의 통화 단절이 10여 년간 이어졌다. 독학으로 재수를 했고, 결국 관악산의 정기를 받으며 철학과에 들어갔다, 라는 것을 알게 된 것도, 다시 그녀를 만나게 된 것도 한 변절자 때문이었다.

낮빛의 회절은 그렇게 일어났다.

"내가 돈 게 아니야. 사람이란 게 다 돌고 도는 거지. 제 자리를 찾아가든지, 제자리로 돌아오든지 말이야."

1년 전의 소개팅은 김 작가의 처음이자 마지막 선물이었다. 그는 문단에서도 인정할 만큼 꽤나 대범한 작가였는데, 현실과 허구의 세계를 구분하지 않는 상습 구라쟁이였다. 내가《더 위트》에 합류하기로 결정된 시점에, 그는 이미 떠날 준비를 마쳤다. 겉으로는 지사적인 동지애를 입에 달고 살았으나, 속으로는 자신의 자리를 메워줄 대체재가 필요했다. 그는《더 위트》에 뼈를 묻기로 맹세했으나, 기회주의자로 변모해《코미디킹》으로 넘어갔다. 무명시절부터 유명을 달리하고자 필명도 수시로 갈아치우던 그였다. 그의 이직은 문학적 사유의 소산이 아니라, 오직 개인의 영달을 위해서였다. 자본 앞에서 문학에 대한 야성을 상실하고, 체제에 빠르게 순응했다. 과연 기회주의자다웠다. 돈으로 사람을 배신하고 사랑으로 입막음을 시도한 것이다.

내가 소개팅남이 된 것은 그녀에게 남자가 많았기 때문이었다. 그녀가 김 작가에게 말했다.

"몇 년 동안 군대 갔다 온 느낌이 들어. 이제 제대로, 남자를 만나고 싶어."

더 이상 가두리 양식업에 종사하지 않겠다는 의지를 피력했다. 모든 것을 있는 그대로 받아주는 바다 같은 사람을 요구했다.

내가 소개팅남이 된 것은 일천한 스펙 때문이었다. 그녀가 김 작가에게 말했다.

“돈 많고 잘난 사람도, 잘생긴 사람도 다 싫어. 소유에 관계없이 말이 통하는, 그리 웃기지 않은 유머로 나를 웃게 만드는 순박한 사람을 만나고 싶어.”

법정 관리에 들어가겠다는 얘기였다.

“그 노래 좀 부르지 마. 지금 누구라고 했어?”

그녀의 이름을 듣는 순간, 목이 메었다. 채권자라도 찾아온 것처럼 그녀의 이름이 목에 걸렸다. 이것이 가능한 일인지도, 이인지도 확신이 서지 않았다. 나는 그녀가 작가로 성공한 것을 멀리서 지켜봐왔지만, 내 신인도와 위상은 한결같았다. 있을 수 없었지만, 잊을 수 없는 것은 그 시절 그 향기뿐이었다.

역시나 대화의 시작은 가벼웠다.

“오랜만이에요…….”

“네?”

“그러니까, 저기…….”

“저를, 아시나요?”

“네?”

“혹시, 우리 전에 만난 적이 있나요?”

“…….”

그 끝은 무거웠다. 그녀가 교복을 입고 있던 시절의 수많은 장면들이 거꾸로 재생됐다. 그녀가 나를 모르는 척한다는 생각이 들었지만, 한편으론 정말 잊어버린 것은 아닐까 하는 생각이 잔존했다. 그녀가 무슨 생각으로 이 자리에 나온 것인지 알 수 없었다. 작가에게 이유 없는 행동이란 없었다.

그녀의 얼굴에서 서로 다른 감정들이 하나의 감정으로 합의를 이루지 못한 채 교차했다. 침묵하고 있었으나, 너무 많은 말을 하고 있었다. 그녀는 이런 현실을 뛰어넘고 싶어 했다.

"그쪽 이상형이 어떻게 돼요?"

"저, 저 말인가요?"

"그래요. 내 이상형 말고요."

"그, 그걸 왜 갑자기……."

"말해봐요."

"그게……."

눈앞이 깜깜했다. 그녀의 깊고 검은 눈동자와 짙은 눈화장이 내 시선의 이탈을 허용하지 않았다. 입안은 바싹 말라 건조했고, 정체된 공기는 숨 막히게 텁텁했다. 무거워진 분위기에 한동안 고개를 숙이고 있던 내가 간신히 입을 뗐다.

"과분한 여자요."

"네?"

"잘못 들었다고 생각되면 제대로 들은 거예요."

"그 말은 제대로 말한 거라는 얘기네요."

"이상하죠?"

"훗, 과분한 여자……."

그녀는 다소 황당해하면서도 엷은 미소를 띠었다. 그녀의 입에서 어떤 말이 그녀 자신도 모르게 흘러나왔다.

"바보……."

"……."

대화가 겉도는 것처럼 보였지만 이야기는 안을 향하고 있었다. 그녀의 겉과 속이 그녀 자신도 모른 채 전환하는 것처럼. 내가 그녀에게 말했다.

"사랑은 결국 결핍에 관한 문제라고 생각해요. 그 수용방식이죠. 감정의 문제로만 한정해도 그래요. 신과 인간의 사랑, 부모와 자식의 사랑, 남녀 간의 사랑…… 그 어느 것도 깊은 감정의 골에서 먼저 손 내미는 존재 없이는 성립하지 않아요. 이골에서 함께 나와야 하는 거죠. 이별의 홍수는 늘 사랑의 등가성을 최선이라 말하며 감정의 평행선을 달리는 사람들에게 닥치죠. 제가 사랑을 한다는 건 그런 의미예요. 저는 한없이 부족한 사람이거든요."

얼마간의 대화가 더 오고 갔다. 두서없이 서두를 넣었던, 서툴고 미숙한 사랑의 기록들이었다. 서로 다른 감정들에 힘겨워하던 그녀가 하나의 감정으로 합의를 이룬 얼굴로 말했다.

"그러면, 정말 과분한 여자 한번 만나볼래요?"

그녀는 소개팅 자리에서 소개팅을 제안했다. 커플매니저였다.

그녀를 다시 만나게 된 것은 김 작가 때문도 아니었고, 그녀에게 남자가 많았기 때문도 아니었고, 내 일천한 스펙 때문도 아니었다. 그녀 때문이었다. 그녀는 나를 알고 있었다.

#

그리고 한 가지가 더 있었다. 아라비아 별 블로그의 프로필. 바로 부케 사진이었다.

대화는 안개꽃이었다.

"기억나시죠? 1년 전 제게 소개해주었던……."

"기억해줘요. 대화가 가벼웠으면 좋겠어요."

"잊지 못하고 있어요."

"벌써 잊었나요?"

"그렇게 쉽지 않아요."

"아라요…… 성아라. 그 얘기라면 하지 않는 게 좋겠어요."

짙은 화장 속 그녀의 안색이 어두워졌다. 내색하지 않으려 했으나 어색했다.

"그날을 다시 되돌릴 수 있을까요?"

내가 잊은 듯 말을 듣지 않고, 잊을 수 없다는 듯 다시 말했다. 그녀의 암막 속으로 이야기가 숨어버리면 곤란했다.

"그것 때문에 나를 보자고 한 건가요? 이제 와서 갑자기 왜?"

잔잔했던 그녀의 목소리가 높아졌다. 그녀는 육감이 발달한 사람이었다. 흑심과 의심의 행간을 명확히 구분할 수 있었다.

"그날 일은 사과가 필요해요. 그리고…… 꼭 물어볼 것이 있어요. 다시 개가 되는 한이 있더라도."

"그럴 필요 없어요. 저에게는 아무 말도 하지 말라고 당부를 했죠. 속 깊은 아이예요. 여태껏 그래왔던 것처럼, 앞으로도 서로 모른 채 살면 그뿐이에요. 달라지는 건 아무것도 없어요."

그녀는 완강했다. 그만큼 지키고 싶은 사람으로 보였다. 마치 그녀 작품을 다루듯 했다.

"모른 채 살아왔어요. 서로 모른다는 것은, 어쩌면 생각보다 너무 많은 것들이 서로 얽혀 있어 그것을 풀지 못하는 상태일 수도 있다는 걸."

나는 대화 사이로 개와 새끼 사이를 오고 갔다.

지키려는 그녀와 빼앗기지 않으려는 나의 대화가 교차했다. 팽팽한 감정의 평행선 아래 무거운 침묵이 고개를 들었다. 그녀의 커피잔에 빨간 립스틱 자국이 도드라져 보인 건 그때였다.

한참 동안 내 충혈된 눈을 바라보던 그녀가 조심스럽게 입을 뗐다.

"이야기가 이렇게 흘러가나요?"

"……."

"어려운 일이에요. 30대 중반을 앞둔 여성이 그동안 어떤 삶을 살아왔는지, 또 1년이라는 시간 동안 얼마나 많은 변화가 일어났는지 설명하는 것은요. 알고 있나요? 내가 왜 두 사람을 소개해준 건지, 또 그 아이처럼 그렇게 빼어난 사람이 왜 결혼을 못 하고 있는지 말이에요."

"알고 있어요. 나를 가지고는 만날 수 없는 사람이라는 것을. 그리고 그녀를 결혼식장에서 만나는 유일한 방법은 고객이라는 이름표를 다는 것뿐이라는 것도."

"그런 얘기가 아니에요. 그래요. 어쩌면, 생각보다 너무 많은 것들이 서로 얽혀 있는지도 몰라요. 너무 아픈 사랑은 사랑이 아니라고 하지만, 너무 많은 사랑도 사랑이 아니에요."

착한 아름다움 따위의 형용모순 같았다. 그녀가 곤란하다는 듯 두 손으로 얼굴을 가렸다. 그 모습은 마치 백기를 든 것처럼 보였다. 그녀의 짙은 화장과 명백히 대비될 정도로 그녀의 손은 백지장처럼 하얬다.

그녀는 커피가 너무 깊게 와버렸음을 깨닫고 커피를 한 잔 더 주문했다. 그것은 보이지 않는 속내를 밝힌 것을 넘어, 숨겨진 이야기를 깨우는 각성의 의미로 비쳐졌다.

"바보라고 했던 건 사과할게요."

"그 말은……."

"그래요, 곤란한 일들이 많았어요. 언제라고 일일이 다 특정하기도 어렵죠. 파스타집 사건만 해도 그랬어요. 거기 오너셰프가 방송에도 나올 정도로 꽤나 알려진 사람이고, 저의 지인이기도 한데, 그 아이를 좋아하고 있었죠. 사고는 그녀가 한 남자와 그곳을 찾은 날 터지고 말았어요. 화신 같았달까. 질투에 눈이 먼 셰프가 입에서 불이 날 정도로 매운 소스의 파스타를 상대 남성에게 만들어 건넸죠. 식신 같았달까. 하지만 그녀와 있던 남자는 무슨 영문인지 말도 못 하고 삐질삐질 땀을 흘려가며 파스타를 꾸역꾸역 다 먹었어요."

"……."

"갑자기 표정이 왜 그래요?"

"속이 좀 안 좋아서……."

"어쨌건 그건 그렇게 큰 문제가 아닐 수도 있어요. 그 두 남자는 그녀를 좋아하는 방식이 달랐을 뿐이에요."

"그 방식이 같았다가는 루비콘강이든, 요단강이든 건너가 만나겠어요."

무서운 이야기가 계속됐다. 남자들이 산적해 있었다.

"오랜 기간 몸담았던 승무원 일을 그만두면서 그녀도 안정을 원했고, 결혼을 꿈꾸게 되었어요. 자연스러운 일이었죠. 그런데, 결혼까지 염두에 두고 하게 된 소개팅이 결혼을 방해할 줄은 몰랐던 거예요."

"혹시 저처럼 다른 사람에게 인계되었나요?"

"달라요. 다른 사람이었지만, 남은 아니었어요."

"그게 무슨……."

"아버지였으니까."

커피공화국 사장이 그녀가 주문한 커피를 직접 내와서는 말없이 그녀 앞에 내려놨다. 그의 머리가 유난히 쓸쓸하게 빛났다.

숨겨진 이야기가 많았다.

"소개팅남은 강남의 대형 성형외과 병원장 아들이었는데, 문제는 그 아버지였죠. 물론, 많은 여성들에게 제2의 아버지로 불리며 존경받는 인물이었지만. 그는 아내와는 오래전에 이혼했고, 또 아들이 외동아들이라서 며느릿감을 굉장히 까다롭게 검증했죠."

"아들의 의사는?"

"아버지가 의사였어요."

"상대 여성들은 배 째라는 심정이었겠어요."

"함부로 그럴 수는 없었어요. 외과의사니까."

"……."

"소개팅 후 둘의 만남은 순조로웠고 분위기는 무르익어갔어요. 사실상의 프러포즈가 될지도 모를 소개팅남의 고백만 남아 있던 날, 약속 장소에 나갔더니 남자는 없고 아버지가 나와 있었던 거죠."

"놀랐겠어요. 소개팅남이 많이 늙어 있어서."

"훗."

그것은 그리 웃기지 않은 유머였다. 그녀는 잠시 고등학생 시절로 돌아간 것 같았다. 그것은 미처 하지 못한 나와의 상담 시간 같았다. 그녀의 얼굴이 순간 하얗게 보였다.

"딱 한 번. 언젠가 그 아버지란 사람이 그 모든 조건을 충족하는 대기업 사장 딸을 만나긴 했는데, 딱 한 가지 걸리는 게 있었죠."

"인성이 걸렸군요. 재벌3세들의 사회적 물의가 도를……."

"얼굴은 극복 못 하더라고요. 자신이 성형외과 의사임에도 불구하고. 현대 의학으로도 극복하지 못하는 외모였어요."

"……."

그녀는 두 번째 커피가 유독 쓰다는 듯 씁쓸한 표정으로 말을 이었다.

"마찬가지로 그 아이의 인사검증을 한 거예요. 외모 평가부터 해서, 직업은 무엇이고, 학력은 어떻게 되고, 부모의 사회적 지위는 어떤지 등을 말이죠. 사실, 아니라고 하지만 다 비슷하잖아요. 정도의 차이일 뿐이죠. 그런데 이게 점점 도를 넘어 라를 벌이기 시작했어요. 해부학 같았달까. 자신의 병원에서 자신에게 직접 건강검진을 받을 것을 종용한 것도 모자라, 마지막에는 그 아이 집 주소까지 물어봤어요."

"합격 결과가 집으로 통보되나요?"

"위성 지도로 집의 위치와 크기를 실시간으로 파악했던 거예요."

"집이 만리장성도 아닌데 우주에서 보이나요?"

"훗, 그래도 화내지 않았어요. 결국, 공과 사를 구분하지 못하고 직업정신이 발현되기는 했지만. 수포자 같았달까. 아버지 당신에게는 며느리보다는 아내가 먼저 필요한 것 같다고, 이 모든 조건을 갖추고 아내와 며느리와 딸의 역할까지 모두 할 수 있는 사람을 소개해주겠다, 라고 말해버린 거죠."

"자신의 인생을 담보로 영업하는 꽤나 유능한 커플매니저네요."

"내가 어디라고 말했었나요? 국내 1위 업체인 커플리카. 거기서도……."

한동안 중요한 이야기들이 계속됐지만, 그 이후의 말들은 들리지 않았다. 머릿속에는 같은 단어만 맴돌았다.

"커플리카…… 커플리카……."

"갑자기 왜 그래요?"

"어디선가 본 것 같아서……."

7시간 같은 1시간이 흘렀다. 그녀의 두 번째 커피도 거의 바닥을 드러냈다.

"사랑이라는 게, 내 앞에 한 사람만을 상대하는 것도 평생 익숙해지지 않을 만큼 끝이 없는 일이잖아요. 일과 사랑 또 사랑과 일. 그녀의 삶 전체를 관통하고 있는 것은 지독하게도 너무 많은 사랑이에요."

"그 말은 익숙해지지가 않아요. 아니, 사랑만큼 낯설어요."

"승무원 시절부터 커플매니저에 이르기까지 그녀는 수없이 많은 고백을 받았지만, 크게 동요하지 않았어요. 하나같이 물질의 크기가 사랑의 크기라고 믿는 사람들을 보며, 사랑은 코미디 같다고 말할 뿐이었죠. 사랑이라고 이름 붙여진 두꺼운 외투 속에서 사랑의 숨겨진 의미를 발견해가고 있었던 거예요. 정말 코미디 같았달까. 직업에서의 사랑과 일상에서의 사랑의 지독한 불일치. 1년 전의 소개팅은 거기서 나온 산물이에요."

사랑을 매개하는 사람이 반드시 사랑에 전염되어 있는 것은 아니었다.

"얘기가 너무 길어졌어요. 이제는 일어나야겠어요."

상담 시간이 끝나고 그녀의 시계가 현재로 돌아왔다. 그녀가 얼굴을 고치고 출구로 걸어 나갔다. 나에게는 아직 없었다.

내가 그녀의 뒤통수에 대고 물었다.

"요즘 어떤 이야기를 쓰고 계시죠?"

그녀가 멈칫했다. 그녀가 고개를 돌리지 않고 들릴 듯 말 듯한 목소리로 대답했다.

"한 여자의 사랑이야기를 쓰고 있어요."

그녀가 나에게 질문을 되돌렸다.

"무슨 이야기를 쓰고 있는데요?"

고개를 살짝 돌려 미세하게 커진 목소리였다.

내가 복사하듯 답했다.

"한 남자의 사랑이야기를 쓰고 있어요."

작은 카페 안에서도 사람들의 발자국은 겹치고 지워지기를 반복했다. 두 가지 이야기가 묘하게 맞닿아 있는 우리 사이에는, 숨겨놓은 책의 해묵은 먼지처럼 기억의 미립자들이 나부끼기 시작했다.

내가 말했다.

"우연이겠죠."

그녀가 말했다.

"오늘 이야기가 너무 길었네요. 짧게 얘기할게요. 원고는 이제 마지막 부분만 남기고 있어요."

D-3 퍼즐

늘 한 조각만큼의 문제였다.

나는 마술사가 되기로 결심했다. 한겨울 검은색 길고양이가 8차선 도로에서 무단횡단하는 것을 지켜본 뒤였다. 차들이 질주하는 도로 사이, 차와 차 사이, 바퀴와 바퀴 사이. 끝났다고 생각했지만 고양이는 끝에 있었다.

마술은 내게 예술이었다. 그것은 현실의 제약을 넘어서게 하는 환상의 세계였다. 말하는 대로 이야기가 됐고, 상상하는 대로 현실이 됐고, 꿈꾸는 대로 이상이 됐다.

"여러분의 눈만 믿으세요. 보이지 않는 것은 환상이 아니에요."

환상성은 그러나 해묵은 진리 앞에서 빛을 잃었다. 꿈은 깨기 마련이었다. 현실의 제약은 제약이 없었다. 삶은 살아 있음을 무기로 실력을 행사했고, 나는 무력했다. 해피엔딩 스토리는 죽은 자들의 이야기였다.

관객들의 눈을 가리는 데 급급한 마술은 사기로 전락했다. 그것은 어설픈 두 손으로 세계를 가리고 있었다. 빈곤한 트릭을 남발했다.

꽃이 비둘기로 바뀌는 마술은 애초 긴장감을 기대한 마술은 아니었지만 나는 살아 있는 전율을 느꼈다. 긴장 감히 있었다. 양쪽 셔츠 소매에 감춰놓았던 비둘기가 출구를 망각하고 막다른 길을 향해 가고 있었다.

구구구구. 구구구구.

당혹감과 함께 참을 수 없는 간절함이 밀려들었다. 비둘기가 부리부리하자 웃음과 울음은 하나가 되어갔다. 얼굴 근육이 파편처럼 쪼개졌다. 영혼이 탈탈 털렸다. 웃음을 참는 것은 고통을 견디는 것만큼이나 힘든 일이었다.

산통이 끝난 것은, 산통을 다 깬 뒤였다. 관객들은 일제히 경악했다.

"맙소사, 사람 몸에서 날개가 나왔어!"

두 눈으로 감내하기 어려울 만큼 부적절한 모습이었다. 비둘기가 해진 셔츠의 양쪽 겨드랑이를 뚫고 나왔다. 허리케인이 지나간 자리처럼 적나라했다.

꽃은 민망했는지 시들어버렸다. 비둘기는 탈진했는지 얼마 못 가 쓰러져버렸다. 사랑은 선명성을 잃고 퇴색했다. 평화는 상징성을 잃고 퇴보했다. 관객들의 탄성은 탄식으로 바뀌었다.

좀먹고 있었다. 마술사 경력은 실처럼 가늘게 늘어났지만 좀처럼 실력은 늘지 않았다. 낡은 옷만큼 해이한 방식의 마술이 계속됐다. 조류는 쉽게 바뀌지 않았다.

생닭을 프라이드치킨으로 바꾸는 마술은 요식업계가 주목할 만하다고 여겨져 기획됐다. 방법도 간단했다. 생닭을 그저 작은 상자 안에 넣기만 하면 3초 만에 튀김옷을 입고 걸어 나오는 것이었다. 치킨공화국에 사는 관객들에게 비난받을 여지도 없었다. 성질이 급한 이들에게 이보다 구미가 당기는 마술은 없었다.

마법의 주문이 끝나고 예상대로 관객들이 동요하기 시작했다.

"맙소사, 나도 치킨집이나 차려야겠어!"

기름 한 방울 없이도 생닭은 눈 깜짝할 사이에 육즙 가득한 치킨으로 변했다. 치킨집이 이미 포화상태인 것은 눈으로 보지 않아도 알 수 있었지만, 관객들은 눈에 보이는 환상을 쫓고 있었다.

모두가 놀라 입을 벌리고 있는 사이, 한 사내가 낮지만 분명한 목소리로 일갈했다.

"배달사고야? 사고야 만 거야?"

수군수군. 수군수군.

생각지도 못한 하나가 발목을 잡았다. 관객들은 그제야 목발을 떠올렸다. 그들은 다리가 마냥 달갑지 않았다. 다리가 2개였던 생닭은 어이없게도 다리가 3개인 프라이드치킨으로 변해 있었다. 단골 치킨집 주문과정에서 생긴 착오였다. 마술사인 나에 대한 불신을 넘어, 관객들은 치킨집의 정량을 의심하기 시작했다.

마술을 계속하느냐, 짐을 싸느냐의 기로에 서 있었다. 그 기로는 세로로 기울고 있었다.

테이블 위 거꾸로 놓인 마술모자. 그 안에서 토끼가 사라지게 하는 마술은 경제적으로 회복할 수 없는 부작용을 초래했다. 달 탐사선을 통째로 전세 낸 것이나 다름없었다. 내가 여러 가지 실효성 없는 주문을 남발한 뒤, 관객들에게 외쳤다.

"자, 보세요. 토끼는 이 숨 막히는 지구를 떠나 저 달나라로 사라졌습니다."

토끼가 사라졌다는 선언에도 불구하고, 관객들은 매서운 의혹의 눈초리를 거두지 않았다. 반복된 학습의 결과였다.

누군가 주문을 받아쳤다.

"마술은 귀가했군."

웅성웅성. 웅성웅성.

그것은 마술 주문보다도 요상한 말이었다. 도통 무슨 말인지 알 수 없었다. 숨 막히는 시간이 길어질수록 관객들만 하나둘 고개를 끄덕일 뿐이었다.

이유를 찾을 수 없는 것이 당연했다. 돌아보지 않았기 때문이었다. 모자 안에 바짝 엎드려 숨이 막힌 토끼는 고개를 살짝 들었다 내렸다를 반복했다. 오직 관객들의 눈에 보이는 것은, 모자 위로 살짝 오르락내리락하는 토끼의 귀였다.

가여웠다. 결과적으로 이 마술은 마법처럼 관객들을 사라지게 했다. 그들은 다시는 돌아오지 않을 것처럼 문 쪽을 향했다. 토끼도 심폐소생을 위해 결국 문으로 보내야 할 상황에 놓이고 말았다.

실력에 걸맞지 않게 스케일은 커져만 갔다. 떠나간 관객들을 다시 불러 모으기 위해 요행에 무리수를 더했다. 환상이 보이는 세계에서 죽음의 문턱은 한없이 낮았다. 상자 안의 고양이가 호랑이로 바뀌는 마술은 기적이 필요했지만, 기저귀도 필요했다.

어흥어흥. 어흥어흥.

호랑이는 말이 통하지 않는다는 걸 모르는 바도 아니었다. 누구에게나 목숨은 하나였다. 그것은 죽었다 깨어나도 변함없는 사실이었다. 이 마술은 마술사가 되기로 마음먹었을 때의 초심을 되찾기 위한 일대 도전이었다. 큰 그림을 그렸다. 고양이가 호랑이가 되는 것은, 자신의 꿈을 펼치기 두려워하는 소심인들에게도 큰 희망을 주는 것이라고 믿었다. 감동이 폭포처럼 쏟아질 것이라고 확신했다. 자아도취는 화수분 같았다.

야옹야옹. 야옹야옹.

앞자리에 앉아 있던 관객 하나가 외쳤다.

"저건 또 뭐야? 상자에서 물이 새어 나오는데?"

관객들이 술렁이기 시작했다. 물이긴 했다. 분비물이었다. 상자 속에 감춰놓은 고양이가 오줌을 싼 것이다. 작은 몸뚱아리에서 나왔다고 믿기 힘든 엄청난 양이었다. 무리였다.

깨달음은 항상 늦게 찾아왔다. 큰 그림에 가려 미처 작은 것을 생각하지 못했다. 그제야 고양이의 입장이 이해가 갔다. 고양이는 얇은 유리 칸막이 하나만을 두고 거대한 호랑이와 얼굴을 맞댄 채 같은 상자에 있었다. 공포를 넘어 횡포였다.

나는 황급히 고양이를 상자에서 꺼냈다. 내 양심을 꺼냈다. 잔뜩 겁먹은 고양이의 눈망울이 방울방울했다. 그것이 일순 객석을 다시 한 번 적셨다. 분수에 넘치는 도전이었다. 생명을 경시하는 과도한 상업성에 너 나 할 것 없이 유린 당한 것이다.

자연계의 모든 생물(그것에는 인간도 포함됐다)은 오직 인간의 번영을 위해 존재했다. 인간이 생태계 최상위 포식자라는 사실은 그 자체로 인간의 존엄성을 드러내는 것은 아니었다. 맛있는 음식과 예쁜 옷, 아름다움을 위한 화장품과 생명을 살리는 약품까지도. 인간은 자신이 좋아한다고 말하는 것을 죽이며 살아왔다.

물속에서 상어를 피해 몸의 결박을 푸는 마술은 역지사지의 기회였다. 자주 겪어볼 필요는 없었지만, 한번 겪어볼 필요도 없었다. 거대한 수조 안에서 인간은 밥이었다.

빠 밤 빠 밤.

관객들이 소스라치게 놀라며 소리쳤다.

"저렇게 난폭한 상어는 태어나서 처음 봐!"

한껏 벌린 아가리와 송곳처럼 날카로운 이빨. 눈을 부라리며 돌진하는 상어에게 나는 먹히기 일보 직전까지 갔다. 사전 리허설 때 먹이를 잔뜩 먹여놓은 상어가 유영하지 않자, 굶주린 상어를 대체 투입한 것이 화근이었다.

결자해지였다. 결국 마술 스태프는 반찬을 해먹겠다며 빼돌린 꽁치 통조림을 긴급 살포하여 나를 상어밥 신세에서 건져냈다.

상어 사료였다.

반복되지 않는 마지막은, 곧 끝을 의미했다. 위기가 기회가 되기를 바랐지만, 기회가 늘 위기가 됐다. 무대 위에 놓인 작은 상자와 미녀 조수. 역대 최대 규모의 스케일이 될 거라고 공언했지만, 관객들은 일찌감치 기대를 저버린 무표정한 얼굴이었다. 얼굴에 쓰여 있었다. 이 마술은 마술사로서의 생명이 걸린 마지막 기회였다.

미운 오리가 미녀로 변신하는 마술은 흔한 것이었지만(남성 관객들은 그 이상을 기대하지도 않았다), 두바이 사막을 알래스카로 바꾸고, 미녀가 오리털 점퍼를 입은 채 그곳으로 공간이동을 하는 것은 누구도 상상하지 못한 것이었다.

지구가 내 손에 달려 있었다. 나는 지구본을 붙들고 두바이 위치에 고운 소금을 뿌려가며 뜬구름을 잡기 시작했다.

"두바이 사막은 이제 곧 알래스카로 바뀝니다."

짠한 광경을 보다 못한 관객 하나가 소리쳤다.

"지금 누구 염장 지르는 거야!"

그는 역대 최소 규모의 스케일에 절망한 표정이었다. 다른 관객들도 너 나 할 것 없이 일그러진 얼굴이었다. 준비가 되었다는 신호였다. 내가 무대 위에 설치된 커다란 장막을 걷어내며 말했다.

"염장이요? 자, 보세요! 저 눈꼴 시린 광경을!"

장막을 걷어낸 대형 스크린에서는 두바이 사막의 실시간 영상이 흘러나왔다.

"아니, 저럴 수가……."

소복소복. 소복소복.

놀랍게도 두바이 사막은 알래스카가 되어 있었다. 두바이 사막은 데이비드 카퍼필드와 함께 사라졌다. 눈에는 눈이었다. 아이스에는 아이스였다. 눈에 불을 켜고 봐도 마찬가지였다. 관객들은 모두 얼어붙었다.

비결은 단순했다. 상상하기조차 힘들 정도로 아무나 생각할 수 있었다. 나는 두바이 사막에 눈이 오는 날을 공연날로 잡았다. 그뿐이었다. 눈이 쌓인 두바이 사막은 누가 봐도 동토로 뒤덮인 알래스카처럼 보였다.

관객들의 눈이 처음으로 나를 주목하기 시작했다. 그것은 첫눈 같았다. 이제 남은 것은 미녀를 알래스카로 보내는 일이었다. 시나리오 역시 단순했다. 미운 오리에 콧기름을 바르면, 오리는 오리털 파카를 입은 미녀로 변신(마술은 주문 전 배송이 완료되어 있는 택배 같았다)하고, 그 미녀가 상자 안으로 들어가면, 잠시 후 알래스카로 공간이동을 하는 것. 물론, 알래스카는 두바이 사막이었고, 그곳에 등장하는 미녀는 상자에 들어간 이와 일란성 쌍둥이였다.

그러고 보니, 첫눈은 항상 눈 녹듯 사라졌다.

“이 오리털 파카 좀 보세요. 알래스카에서도 땀이 나겠는데요? 하하.”

“…….”

순간 무대에 어색한 정적이 흘렀다. 객석은 불안하게 고요했다. 마술 스태프는 일제히 당황하며 어쩔 줄 몰라 했다. 나는 한껏 뜸 들여 모은 콧기름을 오리가 아닌, 오리털 파카를 입고 숨어 있던 미녀에게 바르고 말았다. 긴장을 모두 쏟아버린 탓에 들통이 날 위기였다.

내가 마술사로 등단한 이후부터 지속적으로 내 마술에 비판을 가해온 관객 하나가 소리쳤다.

"왜 그렇게 땀을 흘리는 거야? 여기가 알래스카야?"

"마술로 마술사 자신이 사라지게 할 수는 없나?" 다른 관객 하나가 덩달아 비아냥댔다.

마술 스태프는 뭐라도 해야 했다. 마술에는 의미 없는 행동이란 없었다. 마술은 관객들의 시선을 한데로 모아 시선을 딴 데로 돌리는 일이었다.

한 남성 관객이 용납할 수 없다는 듯 흥분하며 외쳤다.

"미녀가 온데간데없어졌어!"

"그게 무슨 내 소개팅 같은 소리야?"

사랑은 혼자 하는 게 아니었다. 마술도 혼자 하는 게 아니었다. 마술이 퇴행하고 있었다. 마술 스태프는 극약처방으로 미녀를 미운 오리로 바꾸어놓았다(마술은 주문 후 반품이 불가능한 택배 같았다). 그 오리는 알래스카에서 공수해 온 것으로, 마치 고향으로 다시 돌아가겠다는 듯 미친 듯이 퍼덕이며 무대 위를 날아다녔다.

꽥꽥꽥꽥. 꽥꽥꽥꽥.

무대는 아수라장이었다. 나는 오리를 붙잡기 위해 무대 위를 뛰어다녔다. 의미 없는 행동이었다. 뛰는 놈 위에 나는 오리가 있었다. 관객들의 시선을 돌리는 데는 성공했다. 관객들의 마음은 이미 알래스카에 가 있었다.

나는 오리를 잡으려면 날아야 했다. 나는 대형 스크린 위로 올라가 몸을 날렸다. 허공에 목을 매달았다. 닫힌 하늘을 나는 오리였다. 오리는 나였다.

"같이 날아. 멀리. 높이."

가까스로 오리의 깃털을 부여잡았지만, 그마저도 손아귀에 힘을 주면 줄수록 가벼워졌다.

찌이이이익…… 퍽.

잠에서 깨어나 보니 방 안은 알래스카 같았다. 봄에도 한기가 느껴졌다. 방바닥에는 눈처럼 하얀 깃털이 수북이 쌓여 있었고, 여전히 일부는 공중에 나부꼈다. 풍뎅이와 내 베개는 알 수 없는 거대한 힘에 모두 찢겨져 형체를 알아볼 수 없었다.

#

지구대는 야시장을 방불케 할 만큼 불야성이었다. 매일 밤 인간 시장이었다. 승진과는 무관한 잡범들을 계도하며 긴 밤을 꼬박 새운 임 순경은, 퀭한 두 눈으로 현상수배 포스터를 들여다보고 있었다. ABC초콜릿은 거의 바닥이었다. 교대 시간이 다가오고 있었다.

이번 방문은 내 털털한 인상착의로 인해 바로 인지되었다.

"머리에 그 털들은 다 뭡니까? 야생 오리라도 잡아먹은 겁니까?"

"본의 아니게 알래스카 조류독감에 걸릴 뻔했어." 내가 털을 털며 말했다.

"자살은 제 승진에 어떤 도움도 주지 못합니다. 자제해주세요."

"……."

그는 내 신체포기각서라도 쥐고 있는 듯 일부 권리를 주장했다. 사고경위서를 접수한 이후부터 공공의 재산처럼 나를 관리했다.

임 순경이 틀어놓은 라디오에서는 이문세의 〈가로수 그늘 아래 서면〉 도입부가 흘러나왔다.

"나도 모르게 무엇인가 쓰여지고 있어. 그녀는 한 여자의 사랑이야기를 쓰고 있다고 했어."

내가 사고경위서의 뒷면에 모식도를 그려가며 임 순경에게 추가 정보들을 설명했다. 1시간을 7시간처럼, 일련의 과정들을 연결했다.

"지금 그러니까, 그녀가 유명 작가라는 언니를 위해 작가님의 원고를 가져갔다고 생각하는 겁니까?"

임 순경이 사고경위서를 앞면으로 뒤집으며 말했다. 그는 텍스트의 표면에서 내면으로 진입할 의사가 없어 보였다.

"여태껏 생각조차 하지 못했으니까. 눈으로 본 것만 믿으며 살아왔으니까. 이제 와서 눈 감아보니 그녀는 나와 이상하리만치 얽혀 있어. 어딘가 모르게 꼬여 있다고."

"그동안은 못 먹어서 장이 꼬인 줄 알았더니, 원고를 잃어버린 뒤부터는 꼰대가 다 됐군요." 임 순경이 비꼬듯 툴툴댔다.

내가 임 순경이 손에 쥐고 있던 ABC초콜릿의 B를 빼앗아 입에 털어 넣으며 말했다.

"임 순경, 작년 사건 기억나?"

그날은 내 인생 최고의 날이었다. 5월 12일.《더 위트》와의 계약일이었고, 소개받은 그녀와의 만남일이었다. 그날은 내 인생 최고의 날이었다. 불과 하루 전까지는.

그간 보기 드문 매체에 보기 드물게 원고를 써온 통에 월급명세서에서는 늘 신인이나 다름없었고, 그간 보기 드문 맛집에 보기 드물게 카드를 써온 통에 소개팅에서도 늘 신인이나 다름없었지만, 일거 두 가지 분야에서 경력을 쌓을 기회를 얻었다.

그날도 졸면서 걸었고, 걸으면서 졸았다. 계약일까지 원고를 제출해야 했다. 잠을 잠재우고 당일 아침까지 가까스로 마감했다. 커피가 썼다고 해도 과언이 아니었다. 전적으로 커피의 종류와 용량의 문제였는데, 내게 한 캔 분량의 커피는 그 각성효과가 탁월했다. 날을 새우는 것은 물론, 한숨도 자지 않고 이틀간 글을 쓴 적도 있었다.

반면 일정량 이상의 카페인을 섭취하면 각성효과는 온데간데없이 사라지고, 서서히 가수면 상태에 접어들었다. 커피가 오히려 수면제로 작용했다. 그것은 급체했을 때 소화제를 두 배로 먹으면, 소화제가 소화되지 않는 것과 비슷했다.

무엇보다, 너무나 당연해서 생각하지 못했던 이유가 따로 있었다.

"그렇게 쓰지 말라고 해도 말을 듣지 않더니, 힘든 세상을 이기지 못하고 저버렸군."

언젠가 풍뎅이는 커피 두 캔을 먹고 쓰러진 나를 보며 의사를 불러야 할지, 장의사를 불러야 할지 고심하기도 했다.

그날은 내 인생 최고의 날이었다. 불과 하루 전까지는.

이미 마을버스에 핸드폰과 원고를 두고 내린 후였다. 내가 내 작품에 몰입해(그 작품은 눈꺼풀 위로 쌓여갔다) 실수로 커피 두 캔을 마셔버렸다는 것을 알아차렸을 때는.

나는 대낮 가로수에 세로로 누워 있었다. 죽어 있는 것처럼 보였으나, 시민의식은 살아 있었다. 신고를 받고 그가 달려왔다. 그를 처음 만난 것이 그때였다.

"좀 일어나보세요. 이러다 입 돌아가요."

"더 이상 돌아갈 데가 없어요……."

"노숙은 언제부터 하셨어요?"

"살아남을 거예요……."

"이거 상태가 심각한데요?"

"웃기고 싶어요……."

"……."

눈물 나게 웃긴 것도 코미디지만, 웃음이 날 정도로 슬픈 것도 코미디였다. 음치 같은 혀로 자초지종을 설명하자, 임 순경은 놀라는 눈치였다.

"그러니까, 더 위트에 실을 원고요?"

그는《더 위트》를 창간 때부터 정기구독했다. 내 민원은 곧 그의 민원이라고 믿었던 것은 그가 내 독자이기 때문이었다. 그는《더 위트》를 읽지 않고는 그냥 잠자리에 들지 않았는데, 잠자리가 코스모스를 그냥 지나칠 수 없는 것과 비슷했다. 승진 문제도 달려 있었다. 내 분실물을 추적하며 그가 쫓고 있던 상습절도 용의자와의 연계 가능성을 타진했다.

"마을버스 기사분의 도움으로 원고는 찾았지만 핸드폰은 못 찾았어요. 핸드폰은 돈이 될 것 같으니 바로 들고튀었네요. 돈 안 되는 원고는 아무도 건드리지 않고 자리에 그대로 있었어요. 재테크 원고가 아니라 다행이었죠."

그는 일망타진을 노렸으나, 결과적으로는 절반의 성공에 그치고 말았다.

편집장은 약속 시간보다 2시간이나 늦은 나를 보며 깊은 한숨을 내쉬었다.

"첫날부터 헤롱헤롱거리는 걸 보니 미치겠구먼. 액상 감기약을 두 배로 들이켜도 저렇지는 않을 거야."

어떤 막연한 불안감이 걷잡을 수 없는 속도로 현실화되고 있었다. 의약품 냉장고를 들여놓은 것도 그때쯤이었다.

그날은 내 인생 최고의 날이었다. 불과 하루 전까지는.

나는 가까스로 계약을 마쳤지만, 그녀를 바람맞혔다. 계약을 미루는 것도, 그녀에게 연락하는 것도 불가능했다. 미친 듯이 약속장

소로 뛰어갔을 때는 이미 그녀가 사라진 뒤였다. 잔잔한 바람에 남아 있는 것은 어디선가 맡아본 듯한 잔향뿐이었다. 그것은 한없이 무향에 가까웠으나 분명한 향으로 존재했다. 어떤 이름 모를 기시감이 나를 사로잡았다.

나는 사막 한가운데 서 있었다.

숨이 막혀 고통스러워하는 내게로 웨이터가 다가왔다.

"혹시 6시에 여기서 여자분 만나기로 하셨나요?"

"헉, 헉, 그걸 어떻게……."

"힘들어 보이셔서."

"1시간을 넘게 달렸어요."

"힘들어 보이셨어요. 1시간을 넘게 기다리다가 조금 전에 나가셨어요."

"1시간이요?"

점잖아 보였던 웨이터가 위아래로 나를 훑어보며 말했다.

"제가 태어나서 본 사람 중에 최고예요."

"그 여자분이요?"

"아니요. 손님이요. 어떻게 그런 여자분을 1시간 넘게 기다리게 할 수 있는 거죠? 다른 손님들의 시선 때문에 민망하셨을 텐데도 가만히 자리를 지키고 계셨어요. 보통 사람이 아니라고 생각했죠. 그래서 당연히 여자분을 만나러 오는 분도 보통 사람이 아닐 거라 생각했는데…… 아니네요."

"……."

"얼른 전화라도 해보세요. 아니면, 아직 주변에 있을지도 몰라요. 1시간만 더 뛰어보세요."

마치 자신의 일처럼 흥분하는 웨이터에게 내가 곤란한 얼굴로 물었다.

"사실, 저도 그분 얼굴을 모르는데 어떻게 찾죠?"

"몰라도 돼요. 보면 알 거예요!"

그날은 내 인생 최고의 날이었다. 불과 하루 전까지는. 그날 약속장소가 위치한 광화문 거리는 유난히 사람들로 더 북적였다. 나는 1시간이 넘도록 오고 가는 사람들을 헤쳐가며 주변을 뛰어다녔다. 크게 외치고 싶었지만 외치지 못했다. 터질 듯한 심장이 내 마음을 담아낸 스피커 같았다. 땀을 눈물처럼 흘렸고, 눈물이 땀처럼 말랐다. 미친 사람이 꿈의 세계에서 헛발질을 하는 것처럼 현실의 그녀에게 미치지는 못했다. 사람들은 많았지만, 그럴수록 내가 찾는 사람은 없었다.

"차라리 그날 원고를 잃어버렸다면, 작가님은 그분을 만났을까요?"

"어쩌면. 어쩌면 그래서 더 그렇게 생각하고 있는지도 몰라. 이렇게 원고를 다시 잃어버렸다는 건, 이제 그녀를 다시 만날 수 있다는 이야기 아닐까?"

"잃어버린 건 핸드폰이었죠. 차라리 그녀 회사에 전화를 해보는 건 어떨까요?"

임 순경은 1년 전 사건일지를 뒤적이며 수사의지를 재확인했다. 나는 혼잣말로 시작해 조금씩 커져가는 목소리로 임 순경에게 말했다.

"……전화해서 무슨 말을 해야 하지? 1년 전에 바람맞혔던 소개팅남이라고? 코미디킹 작가와는 무슨 관계냐고? 커피공화국에서 내 원고를 보지 못했냐고? 당신은 도대체 누구냐고?"

#

"이게 다 뭐죠? 누구에게서 온 거예요?"

"걱정 마세요. 국세청에서 날아온 것은 아니니까. 자, 하나는 작가님의 고정 독자인 이름 없는 작은별님, 또 하나는……."

나는 세금체납 고지서의 고정 독자였다. 편지나 엽서 크기의 문서만 보면 거부감부터 들었다. 눈을 떠보니 다시 커피공화국이었다. 에디터가 지난호에 공지한 이벤트 내용을 펼쳐 보였다.

"작가님도 아시다시피 다음호가 더 위트 10주년 특별호라서 독자 이벤트를 했어요. 자신이 좋아하는 작가를 선택해서 어떤 소재의 작품을 써주었으면 하는지 편지 형식으로 공모를 한 거죠. 선정된 시놉시스는 해당 작가가 완성해서 차후에 작품으로 실리고요. 독자에게는 10년짜리 정기구독권이 주어져요. 그런데, 이름 없는 작은별님의 편지는 작가님 앞으로도 하나가 더 왔네요."

언제부턴가 독자 편지 발신자는 2명으로 한정됐다. 많은 숫자였다. 수신자는 0명이었다.

"혹시 10년짜리 계약서는 어디 없나요?"

내가 편지를 바지 주머니에 찔러 넣으며 둘러댔다.

"잃어버린 원고는 아직이에요? 그날 제가 그 원고를 먼저 봤더라면 이런 일은 없었을 텐데…… 편집장님은 아직도 믿지 않고 계세요. 재계약의 전제조건도 여전히 확고하고요. 특집호에 단 한 줄이라도 작가님의 글이 실리는 거 말이에요."

에디터가 미지근한 어투로 시작해 차가워진 말투로 돌변했다.

"다음 작품은 원고와 함께 사라지다, 어때요?"

실없는 내 말에 에디터가 바늘 같은 눈빛을 날렸다. 어찌 됐건 함께 갈 수밖에 없는 사이였다.

"지금부터 믿기 힘든 이야기를 시작할 테니, 잘 들어요."

나는 원고를 둘러싼 사건 전말을 에디터에게도 털어놓기로 했다. 허구세계보다 더 허구 같은 현실세계를 이야기하기로 했다. 사건 해결의 실마리를 기대했지만, 정상참작을 해달라는 의도가 더 컸다.

"이게 그 블로그예요?"

지친 말투일 거라고 짐작했지만 그녀가 다소 들뜬 말투로 물었다. 매일같이 야근의 연속이었지만, 어쩐 일인지 달뜬 얼굴이었다.

"아라비아의 별은 무슨 뜻이죠?"

"이 프로필에 있는 꽃은 뭐죠?"

"두바이에서는 무슨 일이 있었던 거죠?"

"그녀는 무슨 향수를 쓰는 거죠?"

"그녀가 커피공화국을 어떻게 알고 있는 거죠?"

"그녀가 읽고 있는 책은 뭐죠?"

"왜 그녀 사진은 없는 거죠?"

에디터는 블로그 이곳저곳을 살펴보며 마치 자신의 일처럼 몰입했다. 아예 자신 앞으로 노트북을 가져다놓고 블로그를 질주했다. 업무 외의 것들에 관심을 보인 적 없는 그녀에게서는 좀처럼 보기 힘든 집중력이었다.

딸깍딸깍. 딸깍딸깍.

중력은 엉덩이에 집중됐다. 그것은 시간을 이겨냈다. 그녀는 내 원고보다 내 사연에 더 관심을 보였다. 에디터가 원고 작업할 때만 쓰는 검은색 뿔테 안경을 꺼냈다. 마침내 그녀가 어떤 포스팅에 멈춰 섰다. 그녀의 작은 눈이 반짝였다.

"아, 이 사람이 바로…… 여자인 제가 봐도 정말 사랑스럽고 달콤해 보여요. 누구라도 그녀의 사탕을 수수하지 않을 수 없겠어요."

단시간이었다. 에디터는 내 모습을 닮아가고 있었다. 원고를 찾는 것이 급선무였지만, 포스팅을 하나둘 확인하면서 어이없게도 용의자에게 동조되어가고 있었다.

그러나 미치지는 않았다. 그녀는 내가 미처 보지 못하는 것을 보고 있었다. 여성의 육감은 남성의 육갑과는 차원이 달랐다.

"이 광화문 거리 사진, 굉장히 우울해 보이는데요? 이렇게 어두운 느낌은 이 블로그에서 낯설어요."

이 많은 사람들은 모두 어디로 가고 있는 걸까?
저마다 다르게 살던 사람들이,
어떻게 각자의 시간을 멈춰 같은 공간에 놓이게 되는 것일까?

그것은 해질 무렵 도시의 사람들이 어디론가 바쁘게 움직이는 사진과 그 밑에 달린 짧은 단상이었다. 그것이 전부였다. 눈으로 봤을 때는 그랬다. 불현듯 어떤 감정 하나가 떠올랐다. 어떤 기억은 시각이 아닌 감정으로 각인되기도 했다. 에디터가 느낌 감정은 내가 잠시 잊고 있던 것이었다.

포스팅 날짜를 확인했다. 작년 5월 12일. 그날은 내 인생 최고의 날이었다. 불과 하루 전까지는. 그 감정은 여전히 그날 저녁에 걸려 있었다. 풍뎅이와 봤을 때는 그냥 지나쳤던 사진에 걸려 있었다.

그저 멍하니 사진만 바라보고 있는 내게 에디터가 물었다.

"작가님이죠?"

"……."

"이 사진이 낯설지 않으시겠어요."

"그건 무슨 얘기죠?"

"잘 보세요. 이 수많은 사람들 속 어딘가에 달려오고 있는 작가님이 있을 수도 있다는 얘기니까. 그것이 점처럼 작다고 해도 작가님이 아닌 건 아니잖아요."

정리는 늘 그녀의 몫이었다. 안경 너머 에디터는 집요했다. 그것은 횡설소설 하고 있는 나와 대비됐다. 나는 아직도 풀리지 않은 의문투성이 한가운데였다.

"궁금한 건, 점이 점점 커지고 있느냐예요."

"글쎄요. 작가님이 그녀에게 다가가고 있는 중인지, 아니면 멀어지고 있는 것인지는 누구도 알 수 없죠."

#

에디터의 활약으로 블로그 탐색 방향이 바뀌었다. 그간 무작위로 포스팅을 확인했던 것과 달리, 이제는 작위적으로 포스팅을 표적 검색할 수 있었다. 그것은 기억과 기록의 싸움이었다. 시간과 공간의 확장이었다. 시작은 이미 하나도 남김없이 비워냈던 PLATE 게시판이었다. 에디터는 검은색 뿔테 안경을 계속 쓴 채였다. 내 옆에 바짝 붙어 내가 딴 길로 가지 못하게 지키고 있었다.

"우읍……."

한동안 손으로 입을 꾹 틀어막고 있는 내게 에디터가 물었다.

"배고프신 거예요? 왜 그렇게 파스타집 사진을 한참 들여다보고 있어요?"

역시나 최고의 파스타 맛집.

토마토 파스타에서 스타 셰프의 열정이 느껴져요.

잔인한 기억이 아닐지라도 어떤 기억은 잔인했다.

"우웁, 저건 먹을 만한 게 못 돼요……."

그건 차마 입에 담지 못할 말이었다. 나는 음식을 가리지 않았다. 정확히는 가릴 음식이 없었다. 파스타는 명절에나 먹는 음식이었다. 그럼에도 불구하고 그 맛은 가려야만 했다. 헛구역질에 입을 막아야만 했다.

"지금 저 파스타집이 얼마나 유명한 곳인지 알고 말씀하시는 거예요?"

에디터가 어이없다는 표정으로 말했다.

"……혹시 사람이 죽었나요?"

"그 정도로 맛있는지는 모르겠네요."

맛의 충격은 기억을 또렷하게 했다. 기록을 깨어나게 했다. 퍼즐처럼 흩어져 있던 그날의 상황이 하나의 그림으로 재조합됐다. 그것은 빈속에 헛구역질처럼 이야기의 개연성을 충족했다.

들은 바대로, 파스타집 셰프는 그녀를 좋아하고 있었다. 그녀를 너무 좋아했던 나머지 그녀가 더 이상 손님으로 오지 않길 바랐다. 파스타집의 주인이 되기를 바랐다. 그녀만 모르는 얘기였다. 파스타 소스의 비밀처럼 전혀 알지 못했다. 그는 그저 언제나 밝게 인사를 건네는 단골집 요리사였을 뿐이었다.

마침내 사건 당일. 그녀가 한 남자와 파스타집을 찾았다. 눈이 부셨고, 이내 눈부신 슬픔이 찾아왔다. 구슬픈 소리가 홀 전체를 휘감았는데, 이 가는 소리인지, 칼 가는 소리인지 알 수 없었다. 연적은 요리사를 검투사로 만들었다. 연적은 파스타집도, 파스타집의 주인도 빼앗으려는 것 같았다. 질투가 전투를 위해 외투를 입고 있었다.

"오늘은 토마토 파스타 어떠세요?"

셰프의 제안은 신사적이었으나, 외투 안에 숨겨진 것은 잔인하게 매운 파스타 소스였다. 함께 온 남자를 불구덩이로 보낼 참이었다. 화기애애한 두 사람의 분위기가 불길을 더 타오르게 했다. 신나 보였던 것이다.

함께 온 남자가 그녀에게 물었다.

"어떤 스타일의 남자를 좋아하세요?"

그는 이때까지도 자신이 이 상투적인 질문과 사투를 벌이게 될 줄은 몰랐다.

"까탈스럽지 않고, 뭐든지 잘 먹는 사람이 좋아요." 그녀가 방긋 웃으며 말했다.

그녀가 말한 여러 가지 요건 중에서, 그에게는 이것이 신성불가침한 지침으로 받아들여졌다.

파스를 탄 것만 같았다. 이 맛에 비하면 불짬뽕은 평양냉면, 엽기떡볶이는 백설기였다. 남자는 눈물까지 흘려가며 힘겹게 파스타를 입에 욱여넣었다. 실시간으로 턱에 마비가 왔다. 남자가 흘리지 말아야 할 것은 눈물만이 아니었다.

그녀가 놀란 눈으로 물었다.

"아니, 눈물에 침까지…… 파스타가 입에 맞지 않으세요?"

그가 마침내 콧물까지 흘리며 말했다.

"아니요, 너무 맛있어서요……."

그날, 옆 테이블에는 눈물을 흘리는 사람이 한 명 더 있었다.

"저를 그렇게 진지하게 생각하는 줄은 몰랐어요."

그녀가 내 손을 꽉 잡았다. 제주 여행에서 처음 만나 7년이나 오빠 동생으로 지냈지만, 내가 고백하면 언제든 받아주겠다는 신호였다.

설레는 마음도 잠시, 내게는 다른 신호가 잡혔다. 아랫배가 설왕설래하기 시작했다.

"우웁, 눈물이 멈추지 않아……."

"오, 그 정도로 고민이 깊었나요?"

그녀가 내 손을 더 꽉 잡았다.

"우웁, 숨을 쉴 수가 없어……."

"오, 그렇게까지 참아왔었나요?"

그녀가 내 손을 더 꽉 잡았다.

"우웁, 함께하고 싶지만……."

"이 손 놓지 않을 거예요. 절대로!"

"우웁, 너를 위해서야. 빨리 손을 써야 돼……."

"어디든 함께할 거예요. 이대로!"

"우웁, 도저히 안 되겠어. 헤어져! 나 나가야 돼!"

나는 내팽개치듯 그 손을 뿌리쳤다. 그녀의 손이 붉어졌다. 사랑조차 사소했다. 앞만 보고 가야 했다. 대장의 발포명령이 임박했다. 모든 장기에서 분노의 역류가 시작됐고, 분노조절 장애로 치달았다. 기다리는 사람들도 마찬가지였다.

"아니, 화장실 전세 냈나? 더러워서 진짜!"

결국 나는 계산도 하지 못하고 옥탑방으로 돌아왔다. 그에 대한 대가는 제값을 했다. 그 동생과의 연락은 일체 단절됐다. 괄약근 조절능력을 위협하는 아랫배와는 며칠간 불편한 동거를 계속했다.

파스타는 어긋난 분노로 가득했다. 셰프의 직업윤리나 위생관념 따위는 일체 들어가 있지 않았다. 과연 TV에서 재료 본연의 맛을 강조하며 태연하게 요리를 만들 만했다. 그 분노는 정해진 용량을 초과했다. 딱 파스타 한 접시가 더 나올 만큼이었다. 그의 조수는 생각 없이 셰프가 남긴 소스로 내 것을 만들어 내왔다. 옆 테이블에서 셰프의 추천을 엿듣고 주문한 것이 화를 자초했다.

한참 동안 미동도 없이 내 얘기를 듣던 에디터가 말했다.

"단 한 번 만난 적 없는 그녀의 파스타집 사진에도 작가님이 들어 있네요. 단지, 이 작은 프레임에 들어와 있지 않을 뿐."

"그것은 아마 화장실에 갔을 때일 거예요."

"더 큰 그림을 보고 싶어요."

"……."

커피공화국은 시간 가는 줄 모르는 곳이었다. 나와 에디터는 블로그를 들여다보며 우리가 지금 어느 시간에 존재하고 있는지를 잊어버렸다. 보통의 시간관념으로는 이해할 수 없는 일들이 이곳에서는 평범하게 벌어졌다. 보통의 공간개념으로는 이해할 수 없는 일들이 이곳에서는 베란다처럼 확장됐다.

에디터가 입을 쩝쩝대며 사진 하나를 가리켰다.

"혹시 이거 아닐까요? 강남 성형외과 병원장 사건."

난데없는 얘기였다. 사진 속 인물은 성형외과와는 어떤 연관성도 찾을 수 없는 백발성성한 노인이었다. 그는 푸근한 인상을 지녔고, 유복해 보였다. 호화 실버타운 어디선가 봄직했다. 그럼에도 불구하고 그는 항상 길거리에 혼자 서 있었다. 노인을 위한 나라는 그 어디에도 없다는 듯 그는 항상 혼자였다.

"그 일이라면, 성형외과 의사는 자신의 마음을 성형할 수 없다, 라든지 최소한 파파보이를 욕하는 내용이라도 있어야 하는 거 아니에요?"

혼인을 빙자해 그녀에게 과도한 검증과 무례한 요구를 남발했던 병원장. 아들의 신붓감을 찾는 데 혈안이 되어 있던 그는, 정작 자신의 짝이 없었고, 결국 커플매니저인 그녀에게 배우자감을 소개받지 않겠냐는 소리를 듣고 말았다.

그간 어떤 포스팅에서도 그와 관련된 내용은 찾을 수 없었다. 이 블로그에 담겨 있는 그녀의 일상과 감정을 나와 연결 짓거나, 다른 관점으로 해석하는 것은 쉬운 일이 아니었다. 에디터의 검은색 뿔테 안경이 어두운 조명 아래 반짝였다.

모난 데 없는 얘기였다. 이번 역시 사진 아래 쓰여 있는 글을 보고 나서는 에디터의 상상력을 인용할 수밖에 없었다.

KFC 할아버지는 왜 늘 혼자일까?

그에게도 사랑은 필요하다.

에디터가 검은색 뿔테 안경을 벗었다. 그것은 의심 없이 확신이었다. 더 이상 의심을 재확인하는 것은 무의미하다는 의미였다. 이 블로그에서 더 이상 확인할 것이 없다는 얘기였다.

"이분, 직접 만나셔야 할 것 같아요."

마침내 우리가 멈춰선 하나의 포스팅. 그녀는 부스스한 머리에 커다란 뿔테 안경을 쓰고, 무릎이 늘어난 펑퍼짐한 트레이닝복을 입고 있었다. 평상시 그녀의 모습이라고 상상하기 어려웠다. 사진에 왜곡이 있었지만 곡해한 것이 아니었다. 알래스카 오리구이집 앞. 그것은 식당 외부 유리창에 비친 그녀의 모습이었다. 그리고 그 뒤에는 한 남자가 지나가고 있었다.

나와 에디터는 같은 포스팅에서 서로 다른 것을 바라보며 블로그 탐색을 마쳤다.

보이는 것을 드러내지 않는 사람

숨은 것에 숨결을 불어넣는 사람

너를 너로서 발견해가는 사람

나를 나로서 좋아해주는 사람

"작가님이 우릴 보고 있어요."

"그녀가 쓴 글은 내가 썼던 문장과 똑같아요."

D-2 퍼플레인

오늘의 날씨입니다. 오늘은 남태평양에서 올라오는 열대성 저기압과 오호츠크해에서 불어오는 이상 난기류의 영향으로 낮부터 전국에 100밀리 안팎의 많은 비가 내리겠습니다. 일부 지역에서는 침수 피해가 우려되니 단단히 대비하시기 바랍니다.

일기예보가 끝난 뒤 《보라보 라디오》에서는 강수지의 〈보라빛 향기〉가 흘러나왔다. 이 라디오 프로그램이 시작된 이래 단 한 번도 청취자들의 신청이 없었던 곡. 프로그램이 폐지되기 전에는 이 노래가 신청곡으로 채택될 수 없었다. 그것은 제작진에 의해 매일 로고송처럼 흘러나왔다. 눈에 보랏빛이 보인다고 착각할 만큼, 보랏빛에 향기가 있다고 오인할 만큼 자주자주였다. 호우주의보에 사랑이 떠내려가도, 폭염으로 사람들이 열사병에 시달려도, 미세먼지가 폐부에 대기의 공포를 환기해도 그 목소리는 변함이 없었다.

그대 모습은 보라빛처럼, 살며시 다가왔지
예쁜 두 눈에 향기가 어려 잊을 수가 없었네
[……]
길을 걷다 마주치는 많은 사람들 중에
그대 나에게 사랑을 건네준 사람

예측 가능한 부분은 거기까지였다. 이어진 곡은 비틀스의 〈Let It Be〉. 그것도 모자라 뒤에 따라붙은 곡은 김현식의 〈비처럼 음악처럼〉이었다. 가습적이었다. 음악이 추적추적 비처럼 내렸다. 날씨를 의식한 듯 DJ의 선곡은 비 협조적이었다. 송대관의 〈쨍하고 해뜰날〉처럼 건조한 노래를 틀어줄 의지는 없어 보였다.

분위기가 우산으로 갔다. 라디오를 꺼버릴까도 고민했다. 물에 젖은 빨래가 어깨를 축 늘어뜨린 채 켜켜이 쌓여 있었다. 애써 해놓은 빨래가 빛을 보지 못하는 것은, 반지하에서 지하로 이사하는 것만큼 가혹한 일이었다. 어차피 일기예보라는 것은, 어떤 날이든 어느 누구든 오늘 날씨는 맑다, 라고만 말해도 맞을 확률이 50퍼센트가 넘었다.

예측 불가능한 부분도 마찬가지였다. 앞으로 다가올 미래가 아스팔트도로인지, 비포장도로인지 알 길은 없었다. 그 어떤 선택의 길목에서든, 내키든 내키지 않든, 사람들은 과반의 확률로 보이는 것을 채택할 뿐이었다. 그 합리적 무지함을 우리는 믿음이라고 불러왔다. 이성적 추론이든 막연한 기대이든, 그래서 모두 믿음인 것이었다.

머릿속은 번뇌로 가득했다. 그것은 자기합리화의 과정이었다. 빨래를 널어야 했다. 다행히 호우가 아니라 기우였다. 하늘에 비구름은 솜사탕만큼도 보이지 않았다.

그러고 보니, 항상 불만이었다.

"라디오가 어디 고장 난 걸까? 라디오에서 나오는 일기예보는 항상 틀려."

시작이 반이었지만, 반이 끝은 아니었다. 금세 절반가량이나 되는 빨래를 널었지만, 찜찜했다. 빨래가 물을 잘못 먹은 듯 뻣뻣했다. 일부는 깁스처럼 굳어 있었다. 무언가 빠트린 것이 분명했다. 그것은 비 오는 날 파전 같은 것이었다. 나는 섬유유연제 100밀리를 투입해 빨래를 다시 마무리했다. 경직된 빨래를 감안해도 다소 많은 양이었다.

빨래가 어디선가 불어오는 바람을 따라 허공에 나부꼈다. 고단한 빨래 뒤에 느껴지는 섬유유연제의 향기는 매혹적이었다. 그 향기는 빨래를 널어놓은 옥상 전역을 휘감으며 하늘로 퍼져 나갔다. 그것은 마치 색이 있는 것처럼 보랏빛으로 보였다.

때마침 《보라보 라디오》의 음악도 고혹적인 클래식 음악으로 변주했다. 쇼팽 에튀드 Op.10 제1번 C장조 〈폭포, 승리〉. 나는 흘러나오는 선율에 온몸을 내맡기며 그제야 승리를 만끽했다. 외려 잘못된 기상정보는 강팍한 내 마음에 평화를, 식상하기만 했던 클래식에 즐거움을 선사했다.

쇼팽이 끝난 뒤 터져 나온 베토벤의 교향곡은 현실에 결박된 나를 환희의 세계로 인도했다. 과장된 선율은 나를 전율하게 만들었다. 잠들었던 대지가 진동했다.

쾅쾅쾅쾅. 쾅쾅쾅쾅.

운명의 장난이었다.

그것이 라디오에서였는지, 아니면 실제 자연의 주파수였는지 혼란스러웠다. 귀로는 알 수 없었다. 그 소리는 눈으로 알 수 있었다. 가혹하리만치 험상궂은 구름떼가 몰려왔다.

"갑자기 눈물이 나네……."

승리는 시간 앞에 늘 패배했다. 기쁨은 늘 잠시였다. 감동의 눈물이든, 좌절의 눈물이든 그것이 땅에 떨어지는 건 생각만큼 많은 시간을 필요로 하지 않았다. 비는 언제나 자신의 무게를 이기지 못했다. 비만한 비가 폭포처럼 쏟아졌다. 그것은 대지를 세탁하고 있었다.

승리가 폭포처럼 씻겨 내려간 자리에 엄혹한 현실이 민낯을 드러냈다. 빨래는 빨래판에 또다시 새로 해야 할 판이었다. 애써 투입한 섬유유연제는 비에 씻겨 모두 어디론가 사라졌다.

비는 경직성 비용만을 증대시킨 채 한참 동안 계속됐다.

"보랏빛 향기……."

입이 먼저 깨어났다. 잠꼬대처럼 그 노래가 입에서 맴돌았다. 코가 다음으로 깨어났다. 빨래의 추억이 코를 찔렀다. 눈이 마지막으로 깨어났다. 눈에 보랏빛 비가 보였다. 아직 깨어나지 않은 것인지도 몰랐다.

강우량은 이제 100밀리에 육박했다. 빨래의 침수 피해가 반복됐다. 기우는 천둥번개를 동반한 뇌우로 돌아왔다. 동네 세탁소에서 기우제를 올리는 게 분명했다. 나는 뻣뻣한 빨래를 손에 쥔 채 체념하듯 노래했다.

"난 오늘도 이 비를 맞으며 하루를 그냥 보내요. 오 아름다운 음악 같은 우리의 사랑의 이야기들은 흐르는 비처럼 너무 아프기 때문이죠."

쿵.

잠에서 깬 나는 일어서자마자 버릭 치듯 바닥과 재회했다. 미끄러운 액체로 흥건한 바닥 때문이었다. 뚜껑이 열린 용기에서 흘러나온 섬유유연제는 방 안을 안방처럼 쓰고 있었다. 밀린 빨래를 마무리하려다 밀린 피로를 이기지 못하고 쓰러져 잠든 것이 문제였다.

나는 다시 빨래를 시작했다. 밤새 켜져 있던 라디오에서는 로버타 플랙의 〈Killing Me Softly With His Song〉이 흘러나왔다.

#

유연사태를 수습하고 나사컴퓨터를 방문했다. 노트북을 맡긴 지 나흘째 되는 날이었다. 그날 이후 매일 반복되는 고통은, 어쩌면 먹통이 되어버린 노트북에서 기인한 것인지도 몰랐다. 그렇기 때문에 반대로 노트북만 제대로 수리된다면, 이 모든 고통은 없었던 일이 될 수도 있었다.

"후아, 이게 무슨 냄새죠?" 주인이 나를 보자마자 코를 틀어막았다. 그가 코 막힌 소리로 말했다.

"아직도 냄새가 나고 있나요?" 내가 옷에 코를 갖다 대며 물었다.

"설마 몰라서 묻는 건 아니죠?"

"알지만 모를 때도 있어요."

"알지만 모른다…… 그럼 살아도 죽은 거군요. 그 지경이면 조만간 병풍 뒤에서 향냄새 좀 맡으셔야……."

"……."

"농담이에요. 하지만 그 향은 장난이 아니에요. 화공약품 같죠."

"후…… 청국장도 소용없나 보군요."

"……."

그 지독한 향은 모든 향을 무력화시켰다. 나아가 인간의 제한적인 후각을 아예 망각시켰다. 가공할 만했다.

"섬유유연제의 과도한 사용으로 지금 모든 옷이 약한 상태예요. 향정신성 의약품이나 마찬가지죠. 부작용인지는 모르지만, 사람들이 제 근처에 오면 하나같이 모두 정신적 고통을 호소해요."

나도 내가 무슨 말을 하고 있는지 몰랐다. 주인은 나를 정신 나간 사람 보듯 위아래로 훑었다. 반사회적 인격장애가 의심된다는 눈초리였다.

“지금 노트북을 고치고 있을 때가 아니군.”

그가 고개를 절레절레 저으며 내가 맡긴 노트북을 가져왔다.

주인이 노트북을 테이블 위에 올려놓으며 유사언론 같은 얘기를 꺼냈다.

“기쁜 소식과 슬픈 소식이 있는데, 어떤 걸 먼저 들으시겠어요?”

“하나만 들을 수도 있나요?”

“그 둘은 패키지라서요.”

“패키지?”

“삶은 양면성으로 포장된 패키지 상품이죠. 삶과 죽음, 시작과 끝, 기억과 망각, 물질과 정신, 겉과 속, 선과 악, 천재와 바보…… 아, 하나만 알고, 둘을 모르면 천재거나 바보라는 얘기예요.”

“후…… 그럼 기쁜 소식부터 듣죠. 어차피 그 누구도 선택할 수 없는 것이라면.”

주인이 말없이 전원을 올렸다. 금세 윈도우의 시작음이 경쾌하게 울려 퍼졌고, 바탕화면의 푸른 들판이 넓게 펼쳐졌다. 그가 내 눈치를 살피며 잠시 머뭇거리더니 이내 행위예술가처럼 과장된 몸짓으로 말했다.

“자, 보세요! 고장 흔적 하나 없죠?”

“아니, 이게 내 노트북이 맞나요?” 나는 어안이 벙벙했다.

"누구나 다 처음엔 그런 반응이죠."

그것은 마치 공장에서 갓 출고된 새 제품인 것처럼 원활하게 구동됐다. 오랜 기간 사용한 노트북이 그렇게 낯설게 느껴진 건 처음이었다.

"역시 나사라는 명성은 괜히 얻어진 게 아니군요."

"뭐, 천재나 바보나 다 한 끗 차이라고 생각합니다."

나는 장인의 경지에 이른 그에게 아낌없는 박수로 경의를 표했다. 특집호 인쇄가 임박한 시점이었다. 선택할 수 없는 단 하나의 방법만이 존재했다. 원고를 인쇄해서 편집장에게 뛰어가야만 했다. 물리적으로 특집호에 원고를 게재하는 것은 어려웠지만, 그가 원고를 마음에 들어 한다면, 차후 게재 예고라도 특집호에 짧게 실을 수 있었다. 단 한 줄이라도. 그것은 곧 재계약을 의미했다.

장밋빛 청사진이 그려졌다. 남아 있는 것은 오직 한 가지 의문이었다.

"……그런데 슬픈 소식은 뭔가요?"

그가 눈에 띄게 차분해진 목소리로 답했다.

"가능한 것은 그것밖에 없었어요."

"……."

긍정과 부정이 묘하게 섞여 있는 이상한 말에 순간 가슴이 철렁였다. 장밋빛이 서서히 핏빛으로 보이기 시작했다. 불안감이 현실의 중력을 이기지 못하고 땅으로 떨어졌다. 사방이 붉게 물든 지뢰밭으로 보였다.

내가 현실을 전면부정하며 말했다.

"그랬을 리가 없잖아……."

"그건 가장 널리 통용되는 보편적인 방식이에요."

"단편적인 방식이겠지……."

"그럼 쉬운 문제를 어렵게 풀자는 겁니까?"

"파일이 노트북보다 더 중요할 때도 있어요!"

"아니 글쎄, 그 얘기는 수리를 맡긴 날 다 들었습니다. 그런데 멀쩡한 다른 폴더와 달리, 원고 폴더 안에, 그것도 유독 원고 하나가 레터 바이러스에 감염되어 있었어요. 젤로 까다롭다는 미켈란젤로보다도 치명적이었죠. 그래서 어쩔 수 없이 노트북에게 새로운 세상을 만들어주기로 했죠."

"천지창조 같은 소리 하지 마요! 지금 내 인생이 지워지게 생겼어요!"

"뭐, 살기 위한 최후의 선택은 자살이죠. 앞으로 좋은 작품 많이 쓰려면 많이 지워야죠."

"말로는 무슨 말을 못 해!"

"말했잖아요. 삶은 양면성으로 포장된 패키지 상품이라고!"

대화는 점점 더 격양되어갔다. 주인은 말로 컴퓨터를 고치는 것이 분명했고, 말로 손님을 병들게 했다. 지금 노트북을 고치고 있을 때가 아니었다. 그야말로 그야말로 그의 입을 틀어막아야만 했다.

"그래서 이건 수리비가 얼마예요?"

"뭐, 서비스에 만족을 못 하시니 노트북 대여료는 빼드릴게요."

"그래서 수리비가 얼마예요?"

"부담을 싹 지운 가격, 28만 원만 주세요."

"뭐요? 28만 원?"

"누구나 다 나중엔 그런 반응이죠."

"그 돈이면 우주여행도 왕복으로 다녀오겠네! 부담은 안기고 파일만 싹 지운 가격이네. 가격만 나사급이야!"

"뭐, 천재나 바보나 다 한 끗 차이라고 생각합니다."

도시는 부유하는 자본으로 썩어가는 망망대해였다. 누가 더 아가리를 크게 벌리느냐가 능력의 척도였다. 시나브로 전산업에서 수산업으로 업종을 변경한 주인은 사람 낚는 어부가 되어 있었다. 어획량을 늘리기 위한 수법도 다양했다. 컴퓨터 본체에 비싼 부품을 떼어간 뒤 최저가 부품을 끼워놓는다거나, 모니터 케이블을 빼놓고 컴퓨터가 고장 났다고 하거나, 악성 코드를 심어놓고 백신 프로그램 구매를 종용하는 등의 방식이었다. 우주에 둘도 없는 진상이었다.

나는 소문의 진상이 궁금했다.

"그런데, 정말 미 항공우주국 나사 출신은 맞아요?"

그가 현찰을 세며 태연히 말했다.

"뭐, 화성에 자주 가긴 해요."

#

"급하게 쓸 데가 있는데 돈 좀 빌려줘요."

때와 장소를 불문하고 세상은 무법천지였다. 경제적 약자를 인질로 고소득을 올리는 무리들 때문이었다. 유독 가벼워진 주머니에 가벼워진 노트북을 들고 돌아오는 길. 길모퉁이에는 고등학생으로 보이는 무리가 거리를 장악하고 있었다. 언뜻 봐도 그 누구의 머리에도 피가 마른 흔적은 없었다. 무리는 교복을 다소 풀어헤친 채 삼삼오오 모여 흡연을 했다. 주변은 무리가 내뱉은 담배 연기와 침으로 가득했다.

눈앞이 어두침침했다.

"모르는 사람한테 돈을 빌려달라는 건 강도나 하는 짓이야."

사채업자도 울고 갈 급전 요구에 내가 죄의식을 변제했다.

"그러면 은행은 아는 사람들한테만 돈 빌려주나?"

무리의 대장으로 보이는 녀석이 눈 한번 깜빡이지 않고 대꾸했다.

예상치 못한 올곧은 행인의 무담보 대출 거절에 무리의 표정은 경색되어갔다.

"이미 업자에게 다 털리고 한 푼도 없어!"

내가 비명에 횡사할 것처럼 비명을 지르자, 무리의 대장으로 보이는 녀석이 손마디를 우두둑 꺾으며 말했다.

"말이 길어지면 고통이 길어집니다. 우리가 실력을 보이면 없는 돈도 있다고 할걸?"

무리는 물리력 행사도 불사하겠다는 듯 나와 대치했다. 무리의 영리활동은 거침이 없었다. 돈 버는 것 외에는 아무것도 할 줄 모르는 어른들 같았다.

내가 한층 더 가벼워진 주머니를 털며 입을 열었다.

"이곳은 버뮤다 삼각지보다 더해. 누구든 잘못 들어왔다가는 폐지나 지폐나 모두 다 사라지고 말지!"

이 골목은 폐지를 줍는 개미할머니도 리어카를 끌고 지나다니는 곳이었다. 골목의 평화를 위한 통행세라고 애써 합리화했다. 그때였다.

"어, 어……."

"알았어. 잘 봤어. 숨기는 건 언제 봤어?"

"어, 어……."

"알았어. 잘 봤어. 동전까지 다 줄게."

"어, 어……."

"어, 어……."

어둠이 서서히 어둠을 덮고 있었다. 그것은 그림자처럼 소리 없이 다가왔다. 할 말을 모두 잃었을 때는 어느덧 그가 내 앞에 서 있었다. 그는 겁도 없이 무리의 대장으로 보이는 녀석에게 다가가 무언가 얘기했다. 그의 입은 녀석의 귀에 걸려 있었다. 카페 천장의 높이를 무색케 한 그의 키는 하늘의 높이를 머리 위로 낮추었다.

대화에 그리 오랜 시간이 걸리지는 않았다. 그가 어두웠던 자신의 과거를 공유했는지, 비폭력 평화운동을 설파했는지는 알 길이 없었다. 무리는 어쩐 일인지 불편한 기색을 내비치며 하나둘 자리를 뜨기 시작했다.

무리의 대장으로 보이는 녀석이 억울하다는 듯 내게 말했다.

"오늘 운 좋은 줄 알아요!"

"두 번 운 좋았다가는 빛이 나겠다!"

"내 얼굴 똑똑히 봐둬요. 곧 구면이 될 테니까!"

"내 얼굴도 똑똑히 봐둬. 이렇게 살다가는 곧 초면이 될 테니까!"

그제야 골목에는 비행금지구역이 설정됐다. 거대한 암전도 서서히 빛 속으로 사라졌다.

"저 사람 어디서 봤더라?"

그가 지나간 자리로 풍뎅이가 등장했다. 부산 여행을 마치고 돌아오는 길이었다. 1박 2일의 살인적인 일정이었다.

"저 사람 누구지? 분명히 어디선가 봤는데……."

그는 시차적응이 아직 덜 된 듯, 멀어지는 남자를 바라보며 연신 중얼댔다.

"……가이드는 잘 하고 왔어?"

"말도 마라. 아줌마들이 관광버스에서 얼마나 춤추고 마셔대는지. 이거는 비상구 따위는 걸어 잠그고 죽기 살기로 노는 거야. 아니, 이렇게 놀다가 죽어도 좋은 거야. 홍대 클럽? 그거는 어린이집 율동 수준도 안 돼. 아줌마들은 신기할 정도로 모두 세속인에서 무속인으로 바뀌어갔어……."

"작두를 타는 심정이었겠네."

"말도 마라. 시내투어 할 때는 자갈치 아지매들하고 홍정하다가 또 한판 붙어서 내가 다 뜯어말리고……."

"굉장히 부산했네."

"……."

여행의 여흥을 있는 대로 길가에 풀어놓은 풍뎅이가 옥탑방에 도착하자마자 짐을 한가득 풀어놓기 시작했다. 자갈치 시장까지 다녀왔다는 말에 내심 풍성한 해산물을 기대했으나, 가방에는 먹다 남은 과자류(그것은 자갈치, 새우깡, 오징어땅콩 등 해산물로 위장한 밀가루 식품이었다)와 씨앗이 다 떨어져 나간 호떡, 시원 소주병만 보일 뿐이었다. 설마 하는 물건이 하나 더 있었는데, 놀랍게도 지난호《더 위트》였다.

내가 책을 손에 쥔 채 한껏 고무된 표정으로 물었다.

"이건 어디에서 산 거야?"

그것은 일면 자신이 유일하게 부정했던 일을 재차 부정하는 모습이었다. 이제는 나를 글 쓰는 사람으로 받아들이겠다는 신호일 수도 있었다.

"터미널 대합실에 비치되어 있길래 가져왔어. 냄비 받침으로 쓰려고."

"……."

인생역전과 재역전이 수시로 교차하는 것이 인생이었다.

그사이 풍뎅이는 가져온 잡지를 펼쳤다. 누가 쫓아오기라도 하는 듯 날카로운 소리를 내며 잡지를 펄럭였다. 한동안 기계적으로 책장을 넘기던 그가 페이지를 멈추고 소리쳤다.

"평생 한 번을 만나도 인연인데, 하루에 두 번을 만나다니!"

"그게 무슨 고장 난 시계 같은 소리야?"

"자, 봐. 이렇게 패션화보에 나와 있는데…… 내 기억이 맞았어."

그것은 한 의류브랜드 화보광고였다. 풍뎅이의 말대로 거기에는 그와 매우 흡사한 신체구조를 지닌 남자가 모델로 등장해 있었다. 검은 옷과 검은 모자를 벗어던져 낯선 모습이었지만, 그만이 가지고 있는 깊은 눈빛과 묘한 분위기가 그대로 전해졌다.

"그래서 항상 모자를 눌러쓰고 다니는 건가……."

풍뎅이의 기억력은 놀라웠다. 그것은 그의 직업정신에서 기인했는데, 그는 자신이 가이드 했던 관광객들의 이름을 거의 모두 기억했다. 그의 친화력은 잠재력이 없었다. 그는 자신 주변의 모든 사람들과 친하게 지내지 않고서는 견디질 못했다.

풍뎅이는 공공연히 떠들었다.

"내게 마음을 열지 않는 사람은 이미 이 세상 사람이 아니야."

지인이 기하급수적으로 늘어나면서 문제가 발생했다. 가끔 어머니 이름이 생각나지 않았다. 직업상 어머니라고 부르는 사람이 너무 많았기 때문이었다. 이모와 고모는 이름을 외우지 못한 경우였다. 말 그대로 이모씨, 고모씨 수준이었다.

한 가지 풀리지 않는 의혹은 여전했다.

"그런데 왜 그렇게 저 남자한테 관심을 갖는 거야?"

풍뎅이의 친화력을 감안해도 그가 여자가 아닌 남자에게 관심을 갖는 것은 이상한 일이었다.

그가 무엇을 보고 상기됐는지 발그레한 얼굴로 말했다.

"저런 사람 주변에는 절정의 미녀들이 산재해 있지. 우리는 평생 가도 좀처럼 만나기 힘든 그런 여신들 말이야. 신은 공평해. 공평하게도 누구에게나 몸은 하나야. 아무리 잘났어도 그 모두를 다 만날 수는 없어. 나는 그녀들을 위로할 거야."

그의 마음은 이미 콩밭에 가 있었다. 혼자서 알콩달콩한 것을 꿈꾸는 듯했다. 탈곡되지 않은 음흉한 상상이었다.

#

올 것이 오고야 말았다. 노트북을 보고 있는 내 머리 앞으로 어디선가 단팥빵 하나가 나타났다. 그것은 비닐포장도 없이 속살을 드러낸 채 내 눈앞에 둥둥 떠 있었다. 헛배는 헛것을 낳아 보였다. 그러나 헛물을 켜더라도 망설일 이유는 없었다. 나는 빵 모양으로 입을 크게 벌렸다. 꿈에서조차 먹는 꿈만은 드물었기 때문이었다.

"여전히 블로그만 보고 계시는군요."

빵을 물자마자 한 많은 여자 목소리가 들렸다.

"이제는 환청이 친구 같아……."

무엇이든 일상이 된다는 것은 무서운 일이었다. 몇 번이나 그만두려고 했지만 이미 중독이었다. 믿을 수 없는 현실의 연장선상에서도, 내 두 눈은 블로그에서 쉽게 달아나지 못했다.

내 뒤에서 나를 지켜보던 에디터가 단팥빵을 한 아름 내밀었다.

월드비전이나 생명의 전화 수준의 긴급구호였다. 나의 염치는 불구가 되어 어느덧 또 다른 하나를 입에 밀어 넣고 있었다.

"천천히 드세요. 작가님……."

그것은 달콤하지만, 숨 막히는 상황이었다. 씹을수록 더 목이 멨다. 자칫 눈물 젖은 빵을 먹을 뻔했다.

정리는 늘 그녀의 몫이었다. 에디터가 옥탑방에 찾아왔다는 것은, 마감을 넘어서는 또 다른 마감을 의미했다. 그녀가 한참을 망설이다 힘겹게 말을 꺼냈다.

"음, 암을 선고하는 의사의 마음이 이런 걸까요? 작가님, 잘 들으세요. 아니, 들을 필요도 없이 생각하신 대로예요. 편집장님은 재계약을 포기하신 것 같아요."

"그렇게 단정적으로 말하는 게 쉽지 않았을 텐데요……."

"쉽게 말했어요."

"……."

"지난 10년 동안 사재를 털어가며 그럭저럭 버티셨죠. 그런데 작년부터 잡지 판매량이 급격하게 줄어들어 회사가 적자로 전환됐고, 구조조정이 불가피한가 봐요."

"제가 적자였군요. 하필이면 구조조정의 적자!"

단팥빵은 아이를 고아원에 보내기 전 먹이는 짜장면 같은 것이었다. 입막음용치고는 앙금이 가득했다.

사람들은 슬픈 자리에서 늘 진부한 얘기를 꺼냈다. 그녀도 마찬가지였다.

"그동안의 부진을 만회하는 작품을 쓰기에 일주일은 너무 짧았어요."

"이주일이라도 있었으면 도움이 됐을 텐데요. 이렇게 시간이 빠르게 흘러가다가는 저도 금방 늙어 죽겠어요."

"계약기간은 이제 이틀 남았어요. 빨리 서둘러 쉬세요."

"……."

최후 통첩 이후 노화가 급속히 진행된 듯 온몸에서 힘이 새어 나가고 있었다. 또 빈속에 단팥빵이 몇 개나 들어가자 뱃속은 쑥대밭이 됐다.

"처음에는 달콤했는데, 참 쓰네요. 이 단팥빵처럼."

내가 다시 노트북 화면을 들여다보며 말했다.

"이제 그 블로그도 그만 보는 게 낫겠어요. 힘든 일은 이제 그만하세요. 아쉽겠지만, 그게 더 쉬울 거예요. 못다 한 이야기가 많은 거 잘 알아요. 언젠가 분명 더 좋은 기회가 있을 거예요."

에디터가 고개를 떨구며 말했다. 그녀는 사무적인 성격을 사무실에 두고 온 듯했다. 더 이상 내 얼굴을 바라보지 못했다.

짧은 정적이 이어졌다. 그녀가 떠날 채비를 한 것은, 고장 나기 직전의 냉장고처럼 파르르 흔들리며 애써 냉정을 되찾은 뒤였다.

"……그녀는 내 첫사랑이었어요."

뒤돌아서 있던 에디터가 쥐고 있던 가방을 떨어뜨렸다.

떨리고 있었다.

"첫사랑이라뇨? 그게 무슨……."

에디터가 떨어진 가방에서 무언가를 찾기 시작했다. 내가 빵을 먹고 급체했다는 생각에 소화제가 필요했던 것이다.

내가 그녀의 뒤에 대고 다시 말했다.

"첫사랑에 다음 기회는 없어요."

"조금만 천천히요. 저도 체하겠어요. 도대체 그게 무슨 얘기예요? 지금 그녀가 작가님의 첫사랑이라는 거예요?"

되돌아오지 않으려던 에디터가 힘겹게 고개를 돌리며 말했다. 이별에 이은 첫사랑으로 검붉게 달아오른 얼굴이었다.

"이제는 결혼식장에서 만날 수 없어요."

내가 에디터가 오기 전부터 줄곧 화면에 떠 있던 사진 하나를 가리켰다.

그녀가 다시는 되돌아오지 않을 길을 가는 것처럼 조심스레 다가와 사진을 확인했다.

"이 웨딩드레스는 뭐죠……?"

에디터의 작은 눈이 커졌다.

"그녀의 얼굴을 여기서 다시 보게 될 줄은 몰랐어요. 7년 만이었죠."

믿을 수 없는 이야기는 에디터의 문학적 상상력을 무력화시켰다. 사적인 노동을 하지 않는 그녀의 감정이 평소와 달리 요동치고 있었다.

나는 못다 한 이야기를 계속 이어갔다. 첫사랑에 다음 기회는 없었다.

"잊었다고 생각했는데, 남아 있었어요. 경험은 공유할 수 있지만, 분리할 수는 없었죠. 그녀는 내게서 가장 소중한 것들을 가져간 거예요. 내 원고도, 그리고…… 첫사랑도."

내게서 첫사랑이 반복되고 있었다. 에디터가 이번 첫사랑에는 다르게 반응했다. 나는 작가로서 사실상 사형선고를 받았지만, 그녀는 여전히 집행문에 중인 에디터였다.

"그러니까, 작가님 첫사랑의 결혼식을 진행한 커플매니저가 그녀라는 거예요?"

나와 에디터는 한동안 말이 없었다. 우리 사이에는 소리 없는 비명만이 오가고 있는 듯했다. 이성으로 대화를 봉합하려던 에디터가 실마리를 찾지 못하고 감정의 문호를 개방했다.

"더 이상은 안 되겠어요. 이럴 거면 그냥 그녀 회사로 찾아가서 뭐라도 속 시원히 말하세요. 설사 그것이 말도 안 되는 의심과 애증과……."

"아니에요. 아니에요 그건……."

"사랑일지라도 말이에요."

"……."

에디터가 이제는 스스로 퇴로를 봉쇄했다. 자신의 이야기를 시작했다.

"놓아버리면 되는데, 사실 아무것도 아닌데, 놓아버릴 수 없는, 이런 이상한 감정을 뭐라고 하면 되죠? 작가님은 아시나요?"

"힘든 거죠."

"……알고 계셨나요? 저도 얼마 전부터 작가님처럼 지켜보고 있는 블로그가 있어요."

블로그를 하지 않는 두 사람을, 블로그가 하고 있었다.

사무적이기만 했던 에디터가 내 얘기를 듣고 아라비아의 별 블로그에 빠져들던 장면이 떠올랐다. 그녀는 내 모습을 하고 있었다. 그녀는 나를 이해하고 있었다.

"여기서 이 사진을 보게 될 줄은 몰랐어요."

에디터가 조금 떨리는 손으로 자신의 노트북을 내밀었다.

블로그는 검은색 일색이었다. 회색분자가 흑색선전을 하는 것 같았다. 사진도 어두웠다. 사진 속 테이블에는 여러 가지 책들 사이로 지난호《더 위트》가 놓여 있었다. 초점이 나가 흐릿했지만, 그것은 내게 익숙한 피사체였다.

"독자 블로그인 건가요?" 내가 물었다.

"글쎄요." 그녀가 모호하게 답했다.

"글쎄라니요?"

"알 수 없으니까요. 작가님처럼 커피공화국을 검색하다가 여기까지 오게 됐죠."

"그런데 이게 왜?" 내가 물었다.

"보이세요?" 그녀는 여전히 모호했다.

"뭐가요?" 나는 눈으로 볼 수 없었다.

"정말 안 보이세요?" 그녀는 보고 있었다.

"뭐가요?"

"그러면, 기억나세요? 저와 카페에서 부딪쳤던 그 사람."

"뭐라고요?"

그리고 사진에는 익숙한 피사체가 하나 더 있었다. 초점이 흐릿했던 《더 위트》 위쪽으로 그녀의 뒷모습이 보였다. 사진의 초점은 일반적인 그것과 달리, 멀리 있는 그녀에게 맞춰져 있었다. 에디터였다.

다시 커피공화국이었다. 에디터는 그곳을 가장 많이 찾는 사람이었다.

"그 남자는 책을 읽고 있었어요." 그녀가 말했다.

그날의 사진이었다. 그 시간, 그렇게 사진을 찍을 수 있는 사람은 한 사람밖에 없었다.

두둑. 두둑. 두둑.

"어, 비가 오나 봐요."

옥탑방 위로 소나기가 내리기 시작했다. 개와 늑대의 시간. 하늘이 서서히 붉게 물들어갈 무렵이었다.

내가 창밖을 내다보며 말했다.

"이상하다. 라디오에서 오늘은 하루 종일 날씨가 맑을 거라고 했었는데."

"작가님 말대로 라디오가 고장 났나 보죠."

"어, 라디오 고장 안 났는데요?"

내가 라디오를 켰다. 그리고 프린스의 〈Purple Rain〉이 흘러나왔다.

I never meant to cause you any sorrow.

조금도 당신을 슬프게 하려는 의도가 아니었어요.

I never meant to cause you any pain.

당신에게 어떤 고통도 주려는 게 아니었어요.

I only wanted one time to see you laughing.

그저 한번 당신의 웃는 모습을 보고 싶었을 뿐이었죠.

I only wanted to see you laughing in the purple rain.

보랏빛 빗속에서 당신이 웃는 모습을 보고 싶었을 뿐이었죠.

D-1 인공위성

“뭐요? 그러니까, 화성에 가라고요? 그게 크리스마스 선물이라고?”

어디서부터 잘못되었을까. 그것은 꿈처럼 다가왔다. 그리고 깨지 않았다.

세계 최고의 기업인 Three Star가 후원하고, 미 항공우주국 나사가 필요한 기술력을 제공한 화성 탐사선 이벤트에는 전 세계 20억 명이 응모했다. 당첨 확률은 무려 20억분의 1. 주인공은 단 한 명이었지만, 지구를 떠나고 싶어 하는 사람은 생각보다 많았다. 금방이라도 지구가 되려는 사람들만 빼고 인류 전체가 참여했다고 봐도 무방했다. 저마다 무료했던 것이다.

“여행자 보험료는 지불하셔야 합니다.”

만약에 있을지 모를 사고에 대비한 생명보험료만 중형차 한 대가격이었다. 비용부터 살인적이었다. 기타 제세공과금을 제외한 여행경비는 무료였는데, 개인이 자비로 갈 경우에는 20억 원이 든다고 했다. 다만 그것이 편도 기준인지, 왕복 기준인지는 불명확했다.

분명 왕복이었다. 생애 가장 큰 행운. 하필이면 별을 보는 일이었다. 무료라는 말에 부채의식 없이 달려들었지만, 꾸지 말았어야 할 크리스마스 악몽이었다. 별은 멀리서 바라볼 때만 별이었다. 별은 그것에 도달했을 때 이미 돌덩어리였다. 결국 이벤트는 무료도 아니었고, 별을 보는 것도 아니었다. 그저 돌을 보고 돌아오는 일이었다. 그렇다면 이벤트도 아니었다.

단지 그것뿐이라면 굳이 멀리 갈 필요는 없었다. 인기스타들이 총출동하는 수원 화성 축제는 광역버스로도 쉽게 다녀올 수 있었다. 필요한 모든 것들이 그 안에 있었다. 그마저도 힘들다면 동네 마트에서 생계형 이벤트에 응모할 수도 있었다. 경제적인 사정을 고려했을 때 가장 손쉬운 선택이었다. 행여 당첨돼 두루마리 휴지라도 손에 쥐었다면 만반의 준비는 끝난 것이었다. 그것은 별을 보기 위한 최소한의 장치였다.

"내가 왜 그랬을까……."

후회는 아무리 빨라도 후회였다. 이미 저질러버린 뒤였다. 이벤트는 지나치게 공정했다. 여느 이벤트와 마찬가지로 특정인을 당첨시키기 위한 불법과 꼼수가 자행되었다면 내가 주인공이 되는 일은 없었을 것이다. 나는 별 볼 일 있는 사람이 아니었다. 늘 주류에서 벗어나 엇박자와 불협화음을 생성하는 부류였다.

이것이 전 세계적인 이벤트임을 감안한다면, 차라리 브루노 마스를 보내는 게 백번 나았다. 우주 한편에서 그의 음악이 울려 퍼지는 것이 화성학에도 부합하는 일이었다.

이벤트는 일을 벌이기 위한 것이었다. 때문에 투자한 지폐만큼의 의도가 깔려 있기 마련이었다. 어쩌면 주최 측이 원했던 그림은 이런 것이었는지도 모른다.

"이제 당신이 주인공입니다. 우리가 만들어낸 스타죠."

인류 전체가 나를 지켜보고 있었다. 나는 인공적으로 만들어진 별이 되어 있었다. 우주복 가슴 한복판에는 Three Star 로고가 박혀 있었다.

이벤트는 소수의 당첨자를 위해 대다수 응모자가 들러리를 서는 구조였다. 이번 이벤트는 반대로 한 명의 당첨자가 절대다수 응모자를 위해 우주쇼를 하는 상황으로 변질되고 있었다.

커다란 행운은 그 속에 내재된 불행의 크기를 감내할 수 있을 때만 찾아오는 것이었다. CNN, 로이터, 이타르타스 등 세계 주요 언론은 이번 이벤트를 두고 실패한 어린왕자 프로젝트, 라고 명명했다.

나는 우주를 떠돌고 있었다.

내가 탐사선에 함께 탑승한 승무원들에게 물었다.

"도대체 이게 어디까지 가는 거죠? 저기 보이는 게 화성 아닌가요?"

"마습니다."

"……."

나사의 명성에 걸맞지 않은 실수였다. 화성을 표적으로 한 랜딩 알고리즘을 삭제한 채, 명왕성을 기준으로 한 비행모듈로 탐사선을 발사한 것이다. 촉박한 이벤트 일정과 함량미달의 인재가 빚어낸 참사였다.

"가능한 것은 그것밖에 없어요."

승무원들은 부랴부랴 탐사선 밖으로 나가 비행모듈을 손봤다. 나도 함께 따라나섰지만, 그들의 손만 봤다. 승무원들은 과거 안드로메다 대성운에서 기적적으로 생환한 타마라 미하일로프나 스미르노바의 알고리즘까지 적용했다. 모든 것을 처음으로 되돌리기 위한, 지구 귀환을 위한 최후의 방법이었다.

내가 탐사선을 수리하는 승무원들에게 물었다.

"도대체 이게 왜 멈추지 않는 거죠? 저기 보이는 게 목성 아닌가요?"

"토성입니다."

"……."

최후의 방법은 최저의 확률을 의미했다. 그마저도 허사였다. 외려 탐사선은 더 빠른 속도로 명왕성을 향했다. 그 순간에도 우주는 팽창하고 있었다. 장시간의 수리로 탈진한 승무원들은 우주폭풍 플레어에 하나둘 나가떨어졌다.

승무원들은 예외 없이 한마디 말만 남기고 사라졌다.

"나중에 밥 한번 먹어요."

살아 있는 한 영원히 있지 않을 일이었다.

밥 먹는 것을 까먹었다. 지구 복귀는 불가했지만 우주에서는 식사가 필요하지 않았다. 개량된 우주복은 광합성을 하듯 태양에너지를 영양소로 변환해 기체 형태로 공급했다. 지구에서는 먹으면 먹을수록 허기가 졌지만, 우주에서는 아무것도 먹지 않아도 배가 고프지 않았다. 위기 속에서도 위만은 위안을 얻었다. 우주복에 부착된 산소발생기도 태양에너지 충전방식이라 무한 호흡이 가능했다. 친환경 에너지는 우주에서도 적용 가능한 방식이었다.

잠시 잊을 때도 있었지만, 나는 우주를 떠돌고 있었다. 지구가 시야에서 사라진 뒤로 시간과 공간의 개념은 사라졌다. 하루가 지났는지, 일주일이 지났는지 알 길이 없었다. 길이 보이지 않았고, 길이 있지도 않았다. 돈에 대한 신앙도 사라졌다. 돈으로 우주가 열렸지만, 돈으로 지구가 닫혔다.

그것은 빛쟁이처럼 내게로 다가왔다. 계속 돌고 도는 순환논리에 빠져 희망을 절망의 편에서 바라볼 때였다. 서서히 온 우주가 환해지기 시작했다. 셀 수 없이 많은 유성들이 지구를 닮은 별로 떨어졌다. 한편에서는 숨어 있던 작은 별들이 저마다 기지개를 켜듯 명멸하고 있었다. 우주가 꿈같은 장난에 빠진 듯 환희로 가득 찼다. 그곳 어디에선가 태양처럼 강렬한 발광체 하나가 떨어져 나왔다. 그러고는 내게로 유유히 다가왔다.

우주는 광활했지만 내게는 피할 곳이 없었다. 눈꺼풀밖에 없었다. 나는 가만히 눈을 감고 그것이 지나가기를 기다렸다. 지나친 생각이었다. 그것은 내 주위를 맴돌며 떠나지 않았다. 눈이 한 번도 본 적 없는 어둠에 적응하듯, 그것이 빛에 적응하기를 바랐다. 빛바랜 생각이었다. 눈을 다시 떴을 때 내 눈은 멀어버렸고, 빛에서 멀어졌다. 비로소 보이지 않던 것이 보이기 시작했다.

"다 뭐였을까…… 내가 지구에서 눈으로 보아온 것들은."

태양처럼 강렬한 발광체는 탐사용 우주선도, 첩보용 위성도 아니었다. 이벤트용 별도, 관상용 돌덩이도 아니었다. 그것은 사람이었다. 그것도 여자였다. 이곳은 우주였다.

"누구시죠?" 내가 물었다.

"그게 뭐가 중요하죠? 내가 누구든, 당신이 누구든, 여기엔 우리 둘밖에 없는데. 이 우주 말이에요." 그녀가 어이없다는 듯 답했다.

"이곳엔 어떻게 오게 된 거예요?" 내가 다시 물었다.

"그건 내가 묻고 싶은 말이에요." 그녀가 반문했다.

"오고 싶다고 올 수 있는 게 아니잖아요." 내가 사실을 확인했다.

"보고 싶다고 볼 수 있는 것도 아니에요." 그녀가 현실을 환기했다.

"그럼 우리는 어떻게 만나게 된 거죠?" 내가 마지막 질문처럼 물었다.

"그게……." 그녀가 망설였다.

"설마……." 설마가 사람 잡았다.

"맞아요. 금성 탐사선 이벤트로 왔다가 이렇게 되어버렸어요."

그녀도 이벤트의 희생양이었다. 그녀 우주복에 Gold Star 로고가 선명하게 보였다. 나는 에둘러 가슴팍에 새겨진 Three Star 로고를 가렸다.

강렬했던 첫 만남은 짧았다. 짧기에 더 강렬했다. 그녀는 이내 내 곁에서 멀어져 어디론가 떠내려갔다.

끝이 없는 우주에도 틀에 박힌 규칙은 존재했다. 우리의 만남은 우연이 아니었고, 일정 시간을 주기로 반복됐다. 우리는 각자 자신의 궤도를 따라 돌고 있었는데, 만남은 그녀의 궤도와 나의 궤도가 중첩될 때 이루어졌다. 짧은 시간이었다. 만나자마자 생이별을 걱정했다. 우리는 만날 때마다 지구를 닮은 별을 내려다보며 대화를 나눴다. 우리가 할 수 있는 건 그것뿐이었다. 대화 주제는 범우주적이지도, 절망적이지도 않았다. 이를테면 서로가 좋아하는 것들에 관해서였다.

"제가 좋아하는 건 알래스카! 늘 겨울로 보이지만 여름이 있는 곳이죠."

"전 사막을 좋아합니다. 데저트. 모래밖에 없어 보이지만 사실은 별들로 가득한 곳!"

"제가 좋아하는 건 고래상어! 상어인데 성격이 온순하죠."

"전 범고래를 좋아합니다. 킬러 웨일. 순해 보이지만 사실은 바다의 포식자!"

"제가 좋아하는 건 씨 없는 수박! 씨가 많은 과일인데 씨가 없죠."

"전 딸기를 좋아합니다. 스트로베리. 씨가 없어 보이지만 사실은 씨가 많은 과일!"

짧은 대화는 영원할 것처럼 계속됐다. 물리적 거리는 계속 바뀌었지만 우리의 화학적 거리는 가까워지고 있었다.

"제가 좋아하는 건……." 내가 머뭇거렸다.

중첩된 궤도에서 멀어져가는 그녀가 말했다.

"……왜 말을 못하시죠?"

"그것이 우주를 돌아 그 사람에게 닿을까요?"

"그것은 우주에서도 소멸하지 않아요."

궤도에서 그녀가 점점 더 멀어져갔다. 마치 우주의 법칙을 넘어서는 어떤 외력이 작용하는 듯 다시는 돌아오지 않을 것처럼 멀어져갔다. 지금이 아니면 다시는 볼 수 없을 것처럼 멀어져갔다.

나는 인공위성이었다. 양면성으로 포장된 패키지 상품이었다. 보기 싫은 이들의 관상을 위해 존재하는 것은 상관없었으나, 그녀 없는 삶은 죽기 위해 사는 것과 같았다. 내게 주어진 삶은 내가 선택할 수 없는 것이 아니라, 내가 포기하지 않으려는 것일 뿐이었다. 우주에서 의미를 갖는 것은 이제 하나였고, 선택도 하나였다. 나는 우주복을 벗어던지기로 했다. 그것이 의미하는 바가 하나였음에도 불구하고.

자유로웠다. 나는 우주에 몸을 내맡기고 유영하며 서서히 가속도를 얻기 시작했다. 나를 규정짓는 외력으로부터 벗어나 점점 더 빠른 속도로 그녀에게 다가갔다. 그것은 내 마음의 속도와 같았다. 한번 빨리진 속도는 멈출 수가 없었다. 너무 빨라 한기가 느껴졌고, 호흡은 가빠져 더 이상 숨을 쉬기도 곤란했다. 찰나의 순간이 분절되어가는 바늘과 부딪치는 것 같았다.

영원할 것 같았던 우리의 대화처럼, 주어진 시간은 짧았다. 지금 당장 죽어도 이상하지 않았다. 마지막 한 숨만을 남기고 있었다. 한마디 말을 내뱉는 순간, 그것은 사라질 것이었다.

지구에서 사랑이라고 부르는 감정은 우주에서도 소멸하지 않았다. 우주도 그것으로 존재했다. 그녀를 처음 만난 그날처럼, 마침내 그녀의 얼굴이 내 손에 닿을 듯 말 듯했다.

"사실 제가 좋아하는 건…… 당신이에요."

나는 그녀를 꼭 안아주기 위해 손을 뻗었다.

위잉. 위잉. 위잉.

그것은 내 팔인 듯 내 팔이 아닌 듯했다. 통증이 자기부상 열차처럼 떠 있었다. 팔이 발처럼 저려왔다. 잠에서 깬 나는 자석병따개를 손에 쥔 채 냉장고에 붙어 있었다.

냉장고 문은 활짝이었다. 밀려 나온 한기에 나는 저체온증으로 호흡이 곤란했다. 동네 마트 이벤트에서 받은 수박바를 냉동실에 넣으려다 쓰러져 잠든 것이 화근이었다.

#

"너무 멀리 와버렸어. 굳이 여기까지 왜……."

“진의를 확인하고자 왔습니다. 불타는 램프처럼 뚜껑이 열려서요.”

나를 본체만체 특집호 가제본을 살피던 편집장이 의약품 냉장고에서 급히 무언가를 꺼내 양쪽 눈에 짜기 시작했다.

인공눈물이었다. 과도한 양으로 그의 눈에서 눈물이 흘렀다. 그가 눈물을 입에 머금고 말했다.

“그동안 즐거웠네. 상품성과 유리되고 작품성마저 결여된 유희의 즐거움. 그 즐거움은 이제 여러 사람과 나누지 말고 혼자서 온전히 누리라고. 어린아이들이 고양이를 그리면서 호랑이라고 즐거워하듯이 말이야. 악성재고, 건강악화, 적자전환…… 돌아보면 참 많은 일들이 있었어. 흑사병에 버금가는 악순환의 고리였지.”

그것은 악어의 눈물이었다. 그의 비판은 끝날 때까지 물불을 가리지 않았다. 내가 급히 눈가에 침을 바른 채 촉촉해진 눈으로 말했다.

“재고의 여지는 없는 겁니까? 부디 시간을 조금만 더 주세요. 잃어버린 원고를 찾기만 하면 이런 매몰찬 대접도 곧장 융숭한 접대로 바뀔 겁니다.”

내 얘기를 들은 체 만 체 하던 편집장이 아예 의약품 냉장고를 열어놓은 채 어떤 약을 먹어야 할지 고민에 들어갔다. 의미 없는 냉기만 흘렀다. 무엇을 선택해도 달라질 것은 없었다. 그의 몸은 이미 그 어떤 약을 먹어도 몸에서 거부반응을 일으키지 않는 만신창이였다.

"내장이 내 장이 아니었으면……."

그가 마침내 변비약을 집어 들었다. 때를 놓칠세라 나는 밤새 급조한 단편 「베지터블 파라다이스」를 들이밀었다. 적자생존의 처절함을 담은 작품이었다. 언제부터인가 내 글은 절박한 현실세계를 반영하듯 어둡고 진중한 문체로 바뀌고 있었다.

편집장은 하복부에 묵직한 중압감을 느끼면서도, 배변활동에 도움을 주는 야채가 나온다는 말에 솔깃한 나머지 원고를 받아들었다.

얼마간 유심히 원고를 살피던 편집장이 경이롭다는 듯 말했다.

"오, 이 한결같은 문장들은……."

"이제야 재평가되는군요. 그러면 다시 한 번 기회를 주시는 겁니까?"

"제초제를 먹고 사는 잡초 같아."

"……."

"오, 이 개방된 세계관은……."

"이번엔 칭찬이 맞는 거죠?"

"뼈대만 남은 비닐하우스 같아."

"……."

「베지터블 파라다이스」는 동물이 모두 사라진 지구에서 풀만 먹고 생존해야 하는 육식주의자들의 처절한 생태를 조명한 작품이었다. 이야기는 시작부터 난관에 봉착했는데, 세상에는 이름 모를 풀들이 많았다. 육식만 해온 그들은 그것이 약초인지 독초인지도통 알 수가 없었다. 어렵게 발견한 네잎클로버도 그들에게는 맛없는 잡초일 뿐이었다. 산삼은 모닥불을 피우는 데 사용했다. 결국 먹을 것을 구별할 수 없는 이들은 독버섯을 구워 먹다가 죽거나, 지병인 고지혈증과 고혈압으로 생에서 낙오했다.

이 와중에도 일부 육식주의자들은 여전히 햄버거를 원했다. 버거운 일이었다. 그들은 생명을 키우는 데는 익숙하지 않았다. 물 한번 주지 않고 방치한 토마토는 이미 썩어버렸고, 육식의 종말과 함께 상추는 씨가 마른 지 오래였다. 패티는 외국에서 수입한 유전자변형 콩으로 만들어졌다. 그나마 그들이 먹을 수 있는 것은 인조잔디로 만든 부추전이 전부였다.

그들이 먹어치운 동물들로 인해 이제는 그들이 굶어죽을 차례였다.

육식주의자인 편집장이 내 주제의식에 반감을 드러내며 말했다.

"당신은 육식을 거부하나? 채식주의자인가?"

"고기가 없어서 못 먹는 반강제 채식주의자입니다."

내 말이 끝나기 무섭게 그가 하복부를 두 손으로 움켜쥐며 인상을 찡그렸다. 내 말이 궤변의 쾌변으로 들린 모양이었다.

그가 엉덩이로 길게 한숨을 내쉰 뒤 말했다.

"일단 코미디는 웃겨야 돼. 조금 더 대중적인 작품을 쓰는 게 어때?"

"저는 그거는 하고 싶지 않습니다. 그런 거는 하지 않는 편이 낫습니다."

내가 거두절미하자 편집장이 다소 놀랐다는 듯 눈을 동그랗게 뜨고 말했다.

"흠, 겉보기와 다르게 근성이 있어……."

"그러면 마지막으로 기회를 주시는 겁니까?"

"거지근성이."

"……."

"당신이 바틀비야? 아니면 방망이 깎는 노인이야? 고집만 부리지 말고 서로 살길 찾자는 말이야! 그래, 내가 사람을 잘못 본 게 문제야. 직원들이 뜯어말릴 때만 해도 이 정도일 줄은 몰랐지. 그런데 이건 가져오는 글마다 재미도 없고 식상하잖아."

"식상한 것이 상식입니다. 진리는 모두 상투적이에요."

"……."

편집장은 내가 교화가 불가능하다는 걸 깨달았다는 듯 목소리를 드높였다.

"지금 글무덤에 얼마나 많은 재고와 폐지가 쌓여 있는 줄 알아? 개미할머니가 가져가기에도 버거울 정도였지. 그 기록들이 쌓아 놓은 삶의 무게. 그건 우리의 힘이기도 했지만 이제는 짐이야. 독자들이 읽지 않으면 그것은 무게로 평가받는 종이 뭉치에 지나지 않아. 왜? 그건 상식 밖인가 보지? 현실의 엄정함이 아직 모자라서 그런 꼬장꼬장한 얘기만 하는 거야? 정 그러면 하고 싶은 대로 한번 해봐!"

그가 첨예하게 대립해오던 재계약 사건의 종식을 선언했다. 그는 끝내 계약서 양식을 파쇄기에 던져버렸다.

지이이익. 지이이익.

정적 가운데 종이를 절단하는 기계음만이 편집장실에 울려 퍼졌다. 편집장은 하복부의 중압감을 잠시 잊은 듯 한결 홀가분해 보였다.

조치된 대로 인사가 필요했다. 처음 일을 시작했을 때와 마찬가지로 작별의 인사도 그리 영양가 있지는 않았다.

"건강하세요. 앞으로 보양식은 적당히 드시고요. 고열량 음식은 고혈압을 야기할 수 있어요."

"고혈압 따위야 알 게 뭐야. 이 만성 변비만 해결된다면 그것이 천국일 텐데. 그럴 수만 있다면 썩은 야채라도 먹겠어!"

"먹는 것도 중요하지만, 먹지 않는 게 더 중요해요. 지금의 풍요는 저주가 될 수도 있어요."

"그래서 나이를 먹을수록 이렇게 힘든 거야?"

"나이는 아마도 쓴맛인가 봅니다. 너무 단 것은 쓴맛이 나듯, 너무 닳은 것도 쓴맛이 나는 거죠."

#

의미 없는 하루가 지체 없이 흘러가고 있었다.

이제《더 위트》소속 작가의 지위는 하루가 지나면 공식 만료였다. 편집장은 민중문학의 대가답게 하루 빨리 나를 거리로 인도했다. 하루아침에 일거리가 없어진 나는 거리를 두리번거리며 이러지도 저러지도 못하는 처지였다.

지도 밖의 길을 그려야 했다. 그것은 먼 미래에 이루고 싶은 꿈에 대한 것이라기보다는, 당장에 만들어낼 수 있는 하루의 기적에 관한 것이었다. 1분 뒤에 하루가 되는 하루살이가 시계를 거꾸로 돌리는 일이었다.

하루라는 시간은 일생을 닮아 있었다. 동이 트는 새벽에 깨어나 별이 뜨는 밤에 잠들기까지. 사람들은 다시 눈을 뜰 수 없을 때까지 매일 하루를 살 뿐이었다. 어떤 이들에게는 하루가 누군가의 일생을 압축한 만큼의 시간이기도 했다. 어떤 사람은 만난 지 하루 만에 결혼했다. 속도위반이 아니었다. 또 어떤 이는 하루 동안 유럽 10개국을 여행했다. 부루마블이 아니었다. 또 다른 사람은 하루 만에 집을 완성하기도 했다. 비닐하우스가 아니었다. 하루 만에 전 재산을 탕진한 인간도 있었다. 서울랜드가 아니었다. 무엇보다, 운전면허를 하루 만에 딴 위인도 있었다. 맞았다. 속성으로 죽음에 이를 수 있는 살인면허였다.

아무것도 하지 않은 사람도 있었다. 할 수 있는 모든 것을 다 했지만 아무것도 하지 못했다. 한 가지를 하지 못했기 때문이었다.

"매일 만나지만, 이제 만나고 싶어."

블로그 밖으로 나오는 것이었다.

블로그 속에서 그녀와 나는 같은 공간에 있었지만 다른 곳을 보고 있었다. 같은 곳을 보고 있을 때는 다른 시간에 놓여 있었다. 동시대를 살고 있지만 동시에 시간을 거스르고 있었다.

사람의 힘으로 안 되는 것이 사람 사이의 만남이지만, 작위성을 배제한 만남은 우연으로 끝나기 마련이었다.

작위적인 우연.

나는 누구보다 그녀의 동선을 익숙하게 파악하고 있었다. 마음속으로 부르고 있던 노래가 라디오에서 흘러나오는 그때. 그런 기분이 나를 부르고 있었다.

먼저 찾은 곳은 신촌에 위치한 한 편의점이었다. 그녀의 회사는 강남역 부근이었으나, 그녀는 최근 한 달 동안 두 번이나 이곳을 찾았다. 회사와 멀리 떨어져 있는 편의점을 굳이 찾은 이유를 알 수 없었다. 그저 1:1로 VIP 고객을 만나고 돌아오는 길이라고 추정할 뿐이었다. 1+1로 파는 생과즙 딸기우유 때문은 아니었을 것이다.

편의점을 찾는 것은 편하지 않은 일이었다. 신촌에 편의점은 한두 군데가 아니었다. 편의점은 낮과 밤을 가리지 않고, 평일과 휴일을 가리지 않고, 번화가와 골목상권을 가리지 않고, 최저시급을 가리고 늘어났다.

블로그로 본 그곳의 규모는 창대했다. 세상과 유리된 기분마저 주는 커다란 창을 가진 편의점은 이곳이 유일했다. 그녀가 올린 사진에는 창가 테이블 위로 딸기우유 2개와 무가지가 놓여 있었다.

나는 사진 속 테이블 쪽으로 다가갔다. 그리고 자리에 앉아 지나가는 사람들을 지켜봤다. 사람들은 보란 듯이 모두 한쪽 방향으로 걷고 있었고, 나는 하나의 향방에 주목하고 있었다. 나는 그녀가 사람들이 걷는 방향과 반대로 걸어와 이곳을 지나가기를 기다렸다.

삑. 삑. 삑. 삑.

얼마 후 내가 카운터로 시선을 돌리게 된 것은, 거리에 지나가는 사람들을 카운트하듯 삑삑대는 바코드 리더기 때문이었다. 거기에는 이제 막 대학생이 된 것 같은, 앳된 아르바이트 여학생이 있었다. 점멸하는 빛에 이끌려 다가가보니 계산대 위로《더 위트》가 몇 권 놓여 있었다. 나온 지가 꽤 지난 과월호까지 섞여 있는 것으로 보아 판매용은 아니었다.

내가 잡지를 눈으로 가리키며 말했다.

"이 잡지 정기구독 하나 봐요?"

그녀가 경계심 없는 해맑은 얼굴로 말했다.

"그러고 싶은데, 여의치가 않아서요."

"그러면 이 책들은 어떻게?"

"제가 좋아하는 걸 알고 할머니가 종종 가져다주세요."

"그렇군요. 혹시 좋아하는 작가가 있나요?"

"한 명 있긴 한데, 비밀이에요."

"저한테만 살짝 얘기해보세요."

"그러면 비밀이 사라지잖아요."

"내가 지켜줄게요."

그녀가 티 없이 맑은 눈동자로 말했다.

"실은, 이번에 독자 이벤트가 있어서 그분에게 편지를 보냈어요. 제 편지의 내용을 그분이 작품으로 완성하는 거죠. 생각만 해도 정말 가슴이 두근두근 떨리는 일이에요. 그것은 저의 이야기이기도 하니까요. 꼭 다음호에 제 편지가 실렸으면 좋겠어요."

"그렇게 될 거예요. 그렇게 되기를 빌어요."

그녀는 잘 보이지 않는 곳에 피어 있는 꽃같았다. 낡은 나무상자에 피어 있는 작은 꽃같았다. 아니, 꽃이었다. 그녀의 명찰에 새겨진 이름은 꽃의 이름과 똑같았다. 그리고 그녀는 나를 어떤 이름 모를 기시감에 들게 할 만큼 누군가와 똑닮았다.

내가 카운터 옆에 놓인 무가지 진열대를 가리키며 말했다.

"저 잡지는 그냥 집어가면 되나요?"

"네, 배달은 안 해드려요."

"……."

내가 고개를 두리번거리며 다시 물었다.

"생과즙 딸기우유는 없나요? 진열대에 보이지 않아서."

"조금 전에 다 팔렸어요. 아, 혹시 수박주스는 어떠세요? 그것도 원 플러스 원 행사 중이에요."

어쩌면 1+1이었다. 그녀는 다정했지만, 나는 다급해졌다. 그녀가 좋아하는 것. 내게 가장 필요한 것. 이것 역시 어떤 기시감 때문이었다.

"혹시 조금 전 어떤 여성분이 오지 않았나요?"

"딸기우유 말씀이에요?"

"딸기우유라니요?"

"딸기우유 마지막으로 사간 손님 말이에요."

"그 손님이 언제 나갔는데요?"

"조금 전이요. 조금 전에 말했잖아요."

조금 전, 이라는 말이 영겁의 시간만큼 길게 느껴졌다. 나는 무가지를 계산대 위에 놔둔 채 출구 쪽으로 내달렸다. 그 모습은 계산도 하지 않고 물건을 훔쳐 달아나는 사람 같았다.

그녀가 남아 있는 것을 마저 계산하기 위해 소리쳤다.

"저기, 딸기우유요!"

"딸기우유라니요?"

"그렇게 급하게 문밖으로 나갔어요."

"딸기우유가요?"

"아뇨. 딸기우유를 든 그 손님이요."

"……."

"아, 그리고……."

"그리고, 또 딸기우유요?"

"네, 그분이 딸기우유 하나를 놓고 갔어요. 저기 저 테이블 위에."

#

나는 전속력으로 내달렸다. 더 이상 달려오는 바람을 맞을 수도, 더 이상 숨을 내쉴 수도, 더 이상 달릴 곳도 없을 때까지였다.

그 끝은 광화문 사거리였다.

그곳은 과거와 현재의 교점이었다. 접선 지점이었다. 연장선상이었다. 지난 1년간 블로그에서 그녀가 방문한 곳들을 점으로 찍으면 가장 많은 접점이 있는 곳이었다. 그녀는 하나의 별이면서 우주였고, 하나의 궤적이면서 이야기였다. 그녀는 나라는 존재가 있기 전에도 움직이고 있었다. 소개팅이 좌절된 날 이후에도 그녀는 나를 알아보지 못하고 스쳐 지나갔을지도 모른다. 그리고…… 언젠가 분명 이 길을 걸을 것이다.

이것이 그녀의 궤도이다.

나는 거리 한가운데 서 있었다.

"거 좀, 비키세요."

아무것도 하지 않는 것이 때론 가장 힘든 일이 될 수도 있었다. 글을 쓸 수 없게 되었다는 것, 또 그 자리에 서 있는 것이 그랬다. 도시 한가운데 가만히 정지해 있는 사람은 나 혼자였다. 빌딩숲을 가로질러 길거리로 쏟아져 나온 사람들은 저마다 빠르게 움직이고 있었다. 그들은 뒤돌아보지 않고 저마다 정해진 길로 바쁘게 걸어가고 있었다.

일부 직장인들은 좀처럼 갖기 힘든 서로에 대한 관심을 연명해가며 힘겹게 대화를 이어갔다.

"부장님, 오늘도 밥값은 제가 낸 거죠?"

"그래서 먹을 만하더군."

"고기 즐기지 않아요?"

"난 고기 즐기는 편이야."

"그래서 5인분이나 드셨군요."

"그런데, 자네 결혼은 했나?"

"모르셨군요. 아내가 둘입니다."

"뭐? 일부다처제인가?"

"아, 아들이 둘입니다."

"부모님은 모두 건강하시지?"

"그럴 리가요, 지난주에 장례식장에서 뵀잖습니까?"

"……."

"따님은 잘 계시죠?"

"그걸 어떻게 알았어?"

"어떻게 알긴요. 그냥 해본 소린데요."

"그건 비밀이야."

"……."

사람들의 겉모습은 멀쩡했지만 가면으로 보였고, 큰소리로 떠들었지만 불안해 보였고, 웃고 있지만 불행해 보였다. 한결같이 무언가를 잃어버린 표정이었다.

행복을 구매하고자 하는 사람들도 있었다. 거리 가판대에서는 《더 위트》와 《코미디킹》을 나란히 팔고 있었다. 남아 있는 소속감은 감을 잃어가고 있었지만, 나는 꽤 오랜 시간 그곳 앞을 지키고 서 있었다.

"무게로 평가받는 종이 뭉치에 지나지 않아…… 무게로 평가받는 종이 뭉치에 지나지 않아…… 무게로 평가받는 종이 뭉치에 지나지 않아…….”

도시에서 블랙홀보다 더 무서운 것은 싱크홀이었다. 사람이 초래한 구멍. 그것은 눈 깜짝할 사이 사람을 어둠으로 빨아들였다. 바로 그 위치. 광화문 그 어느 곳에서보다, 그곳에서 나라는 존재는 빠르게 매몰되고 있었다. 사람의 손길이 전혀 닿지 않았기 때문이었다. 매출은 일방적으로 《코미디킹》에서만 발생했다. 현장의 민심은 퇴출의 바로미터였다.

“저 잡지 참 재미있죠?”

그때였다. 현실의 엄중함에 고개를 떨구고, 좌절의 고개를 들 때, 그녀가 내게로 다가왔다.

“안녕하세요.”

그녀가 내게 환한 미소를 건네며 말했다. 그것은 나를 한참 동안 지켜봤다는 의미 같았다. 나도 동의할 수 있었다. 어디선가 분명히 본 듯한 얼굴. 세속에 물들지 않은 순수함과 붙임성까지. 또 다른 기시감이 나를 혼란스럽게 했다.

아무 말도 못 하고 있는 내게 그녀가 다시 말했다.

“이렇게 만나게 되네요. 운명의 장난처럼.”

“…….”

데자뷔가 분명했다. 우리는 여러 번 만난 적이 있었다. 그녀도 확신에 차 보였다.

“저를 한눈에 알아보실 줄 알았어요. 제가 그랬던 것처럼. 저도 오랫동안 지켜봤어요. 저를 만나기 위해 방황했던 당신의 그 흔적들을."

"아……."

그것은 우리 둘만이 알 수 있는 얘기였다. 그녀는 싱크홀보다 더 깊게, 걷잡을 수 없이 말을 이어갔다.

"누구나 누군가를 맴돌지만, 그것이 모두 인연이 되는 것은 아니에요. 아주 약간의 차이, 손 내밀면 닿을 만한 그 만큼의 틈, 우리는 그동안 서로를 스쳐 보내고 말았죠."

"그걸 어떻게……."

깊이 간직하고 있던 내 속마음의 끝까지 그녀의 검은 눈동자 속으로 모두 빨려 들어가는 듯했다. 그녀의 눈이 촉촉해졌다.

"조금씩 어긋났던 우주의 시계를 돌려 같은 시간과 같은 공간에 놓이게 된 것. 이것이 우리의 만남이에요."

"보고 싶었어요."

나는 지체 없이 그녀에게 다가가 그녀의 손을 잡았다. 더 이상의 말은 필요 없었다. 그녀가 한마디 말을 더 하면, 눈물은 내가 먼저 쏟을 것 같았다.

시간이 멈춘 것 같았다. 팽창을 멈춘 우주는 한낱 우리의 뒷배경으로만 존재하는 것 같았다.

그녀는 더는 망설일 필요가 없다는 듯 환희에 가득 찬 표정이었다. 그녀가 세상에서 가장 행복한 표정으로 내게 고백했다. 그것은 한번 들으면 잊을 수 없는 영혼의 울림과도 같았다.

"도를 아십니까?"

"……."

"계속 헛소리를 하는 거 보니 기운이 많이 약해져 있어요. 얼굴을 보아 하니 복이 줄줄 새고 있고. 시급히 제사를 드려야 온전히 우주의 기운을 받으실 수 있어요."

"우주의 기운이라……."

"비용도 염가로 저렴하게!"

달아나려고 했으나 발이 떨어지지 않았다. 그녀는 영적인 기운뿐만이 아니라 힘이 장사였다. 창백한 얼굴과 가녀린 손목 사이로 붉은 핏줄이 드러났다. 그것은 육체의 한계를 뛰어넘어 다년간의 제사 경험으로 다져진 다부진 손길이었다.

"하늘이시여, 하늘이시여!"

그녀는 거머리처럼 나를 파고들어 내게서 떨어지지 않았다. 영혼까지 다 쪼그라드는 사이, 누군가 내 곁을 빠르게 지나갔다. 하마터면 옷깃이라도 스칠 뻔한 거리였다. 얼굴을 보지 못했음에도 불구하고 그 모습은 내게 낯설지 않았다.

익숙한 뒷모습이었다. 그 잔향도 마찬가지였다. 내 코보다는 기억이 불러일으킨 향. 그것은 한없이 무향에 가까웠으나 분명한 향으로 존재했다.

내가 그녀의 억센 손길을 뿌리치며 말했다.

"이것 놔요, 제발! 내일이면 내 제삿날이니까, 부디 제사는 내일 해주세요."

"내일로 미루지 말아요. 내 일이라고 생각하면 편해질 거예요.

모두 내려놓아요."

"사람을 잘못 보셨어요!"

"제가 찾던 사람이 확실해요!"

인연은 인연이 아니었다. 그녀는 사귄 지 1일 된 연인처럼 도무지 내게서 떨어지지 않았다. 내가 제사를 극렬히 거부하자 그녀가 마지못해 타협안을 내밀었다.

"그러면, 제사상 상차림 비용만 주세요."

세상은 늘 내게 부채의식을 강요했다. 있는 돈을 다 쥐여주고 보석으로 인간수갑에서 풀려났지만, 이미 멀어진 뒤였다. 그 향기도 사라졌다.

제사를 주창한 그녀도 홀연히 사라졌다. 세속의 얼굴을 지운 채 또 다른 제물을 찾아 속세를 떠돌 것이 자명했다.

마지막 기회가 제사상의 향처럼 사라졌다. 어느샌가 거리의 사람들도 모두 사라져 거리는 적막했다.

모든 것이 사라진 자리. 내 손에는 딸기우유만이 들려져 있었다.

D-0 하루 일주

그날은 사건이 벌어진 지 일주일째 되는 날이었고, 《더 위트》와의 계약이 종료되는 날이었다. 임 순경이 수사결과 발표를 예고했다.

"거짓말 같죠. 현실세계는 늘 허구세계를 압도하니까."

떨리는 마음은 기대를 저버리고 불안을 향했다. 수사경과가 독보적이었기 때문이었다. 그간 사건에 투입된 인력은 지구대의 임 순경 한 명뿐이었다. 자질구레한 범죄의 일상화에 따른 고질적인 인력난이었다. 서민들의 치안공백이 현실화되고 있었다.

"뭐요? 무슨 그런 개 같은 경우가 다 있습니까?"

단독수사의 한계에 부딪혀 참다못한 그는 관할 경찰서에 수색견 배정을 요청했으나, 그마저도 거절당했다. 개 짜증난다는 것이 이유였다. 군대에서와 마찬가지로 경찰에서도 수색견의 계급은 순경의 그것보다 높았다. 당장 국민의 혈세를 좀먹고 있는 위정자들을 경호하기 위한 업무 외에는 투입이 불가능했다.

무명 희극작가 원고 도난사건.

임 순경이 처음 사고경위서의 제목으로 작성했다가, 소설 제목 같다는 생각에 지운 것이었다. 그렇게 지워지고 있었다. 사회의 무관심과 냉대, 열악한 구조적 환경에서 이름 없는 사건으로 묻히고 있었다. 그것은 단순히 하나의 원고가 없어진 것을 의미하는 것이 아닌, 한 명의 작가가 사라지는 것을 의미했다. 더 이상의 창작을 멈추고, 과거의 인화 속에 영원히 박제되라는 것이었다.

이것이 인생이다. 인생은 이런 것이다.

모든 미해결 사건의 명제가 이번에도 예외 없이 간편하게 적용된 것 같았다. 임 순경이 내민 사건브리핑 보도자료의 분량은 A4 용지 두어 장뿐이었다.

"내 고통의 무게가 고작 그 정도밖에 안 된단 말이야?"

내가 어이없어하자, 그가 불만 가득한 목소리로 대꾸했다.

"길게 쓴다고 모든 게 해결될 것 같으면 성경을 보시죠."

불경은 아니었다. 팔만대장경을 모두 보아야만 삼라만상의 이치를 깨닫게 되는 것은 아니었다. 외려 한 사람을 온전히 이해하는 것이 하나의 세계를 이해하는 길이었다. 민원인과 공무원, 작가와 독자, 신용불량자와 서민이라는 신분 차이를 뛰어넘어, 그는 묘하게 나와 닮아 있었다. 그가 수사기록을 길게 쓸 수 없었던 이유는, 원고 분실 후 얼마 남지도 않은 결말을 한 글자도 쓰지 못했던 내 모습에서 찾을 수 있었다. 그에게 있어 승진은 내가 갈망하는 재계약과 다름 아니었다. 일상이 지옥 같은 일선 지구대를 벗어나 경찰서로 발령받을 수 있는 유일한 길이었다. 그 길은 오프라인이었다. 그에게는 심지어 사건 해결의 단서를 제공해줄 블로그조차 없었다. 길 위에는 어떤 사건의 흔적들도, 유효한 기록들도 남아 있지 않았다.

임 순경은 언론을 통해 사건을 공론화하는 것이 이 문제를 해결할 수 있는 유일한 길이라고 판단했다. 그는 관할서 출입기자들에게 사건 브리핑에 와줄 것을 정중히 요구했으나, 그마저도 거부당했다. 사건의 무게감이 떨어진다는 판단이었다. 과연 기자들은 중량감 있는 기사를 위해 몸값 비싼 연예인들의 스캔들을 쫓는 데 정신이 없었다. 국민의 알권리를 보장하겠다는 일념 하에 개인의 집 앞에서 뻗치기를 하거나, 흥신소 직원처럼 고화질의 몰카를 찍는 데 대부분의 시간을 할애했다. 일부 기자들은 기사 분량을 늘리기 위해 베껴쓰기도 마다하지 않았다. 네티즌의 반응과 오타까지 동일할 정도로 기사는 터무니없었다. 취재 없이도 하루에 100개씩 기사 작성이 가능했다.

"밀키스 한잔 주세요."

지구대에는 결국 단 한 명의 기자만이 브리핑을 기다리고 있었다. 해리포터의 주인공을 닮은 그 소년은, 지구대를 주기적으로 찾아오는《소년한국일보》기자였다. 출입증은 없었지만, 소년은 지구대를 안방 드나들듯 돌아다녔다. 그럴 만도 한 것이《소년한국

일보》는 초등학생들에게는 절대적인 영향력을 지닌 매체였고, 소속 비둘기기자들은 지역 민심의 향배를 좌지우지하고 있었다.

소년이 매체의 힘에만 의지한 것은 아니었다. BBC에서 리포터를 하는 것이 목표인 소년은 언론인으로서의 자질이 충분했다. 법 집행의 최전선인 지구대는 물론, 사회안전망의 마지막 보루인 사회복지시설을 종횡무진 누비며 약자들을 위한 기사를 썼다.

그것은 마법처럼 세상을 바꾸고 있었다.

소년은 또래 아이들이 보지 못하는 세상을 보고 있었는데, 우유도 일찍 끊고 서서히 탄산의 맛을 알아가는 듯했다. 답답한 세상을 너무 일찍 알아버린 것이었다.

브리핑을 막 시작하려는 순간, 임 순경이 소년을 보고 화들짝 놀라 외쳤다.

"아니, 지금 뭐 하는 거야? 수사기록을 함부로 버리면 어떻게 해!"

그가 재활용 분리수거함 쪽으로 다가가 종이 문서들을 부랴부랴 꺼냈다. 소년이 버린 수사기록 곳곳에는 바다에 원유가 유출된 것처럼 잉크가 번져 있었다. 소년이 밀키스를 마시다가 실수로 쏟은 것이었다.

소년이 물었다.

"수사기록이 뭐 하는 건데요?"

"뭐 하긴, 범인 잡는 거지."

"범인 잡는 거요? 그게 그렇게 중요한 자료예요? 그렇게 중요한 걸 아무 데나 두면 어떡해요?"

"……."

소년의 얼굴에서 주눅은 찾아볼 수 없었다. 오히려 공무원의 안일한 업무 태도를 꾸짖고 있었다.

"밀키스 한잔 더 주세요."

소년은 답답했는지 빈 잔에 밀키스를 추가로 요구했다. 임 순경은 아무 말 없이 밀키스를 리필해 소년에게 제공했다.

한바탕의 혼선 뒤에 본격적으로 브리핑이 시작됐다. 임 순경은 신앙고백을 하듯 수사의 ABC부터 읊어나갔다.

"범인은 늘 가까운 곳에 있습니다. 제 말은, 세상에 믿을 놈 하나 없다, 라는 전제에서 출발해야만 특정인을 용의선상에서 제외하는 오류에 빠지지 않는다는 것이죠."

그는 비장했다. 다만 그 비장의 무기가 심증만은 아니기를 바랄 뿐이었다. 경찰은 수사기록으로 말하기 때문이었다.

임 순경이 어디서 본 게 있다는 듯 턱을 손으로 괴고 말했다.

"제가 첫 번째로 의심한 사람은, 커피공화국 관계자였습니다. 커피공화국. 이름은 거창하지만 바리스타와 사장 단둘이 운영하는 작은 카페죠. 이번 사건이 벌어진 현장이기도 하고요. 그곳에 분명 문제가 있었어요. 첫 번째 난관에 봉착한 것이었죠. 수사에서 가장 중요한 것 중에 하나가 현장 보존인데, 이미 늦었죠. 영업점에 폴리스 라인을 치는 것도 현실적으로 어려웠고요."

소년이 물었다.

"폴리스 라인이 뭐예요?"

"그건 사건 조사와 질서 유지를 위해 현장에 설치하는 경찰 저지선이야."

임 순경이 답했다. 소년이 받아 적었다.

"아무튼 사건 해결이 쉽지 않을 것임을 예감할 수 있었죠. 그것은 본능적인 것이기도 했습니다. 성과 없이 끝난 주변 탐문조사를 뒤로하고 커피공화국의 입구에 들어섰을 때부터, 마치 이곳은 공권력의 영향력이 미치지 않을 것만 같은 별개의 나라라는 느낌이 들었거든요. 도시 한가운데 존재한다고 믿기 힘든 낡은 공간, 그 속에서 세상과는 다른 속도로, 다른 언어로 살아가고 있는 사람들. 사장을 직접 대면하여 대질 조사를 벌였지만 그는 알아듣지 못할 말만 했죠. 우주의 작은 점처럼, 어차피 이 모든 것은 사라질 것이라고. 우주에서도 소멸하지 않는 것은 오직 한 가지뿐이라고. 사건의 실마리를 찾기는커녕 저부터 블랙홀 속으로 빨려 들어가고 말았죠."

소년이 물었다.

"블랙홀이 뭐예요?"

"살면서 가장 배고팠을 때를 한번 생각해봐. 그건 네 뱃속 같은 거야."

임 순경이 답했다. 소년이 받아 적었다.

예상 밖이었다. 임 순경은 짧은 수사기간에도 불구하고 현장을 찾아 사건을 고증하기 위해 안간힘을 썼다.

임 순경이 턱이 아프다는 듯 슬며시 팔짱을 끼고 말했다.

"커피공화국 사장은 사라진 그것이 원고이든, 돈다발이든 도무지 관심 밖이에요. 아무리 의혹의 눈을 치켜떠봐도 이 사건과는 아무런 연관성도 찾을 수 없었죠. 물증도 없었고요. 그렇게 다 물 건너갔구나, 하고 카페 밖을 나와 서성일 때였죠. 뜻밖에 희망이 밖에서 보이기 시작했습니다. 아마 만취한 사람이 전봇대를 발견했을 때보다 더 반가웠을 겁니다. 바로 그곳에 범죄예방용 CCTV가 달려 있었거든요."

소년이 물었다.

"CCTV가 뭐예요?"

"폐쇄회로 TV. 쉽게 말해 들키기 싫은 네 마음 같은 거야."

임 순경이 답했다. 소년이 받아 적었다.

"그날 녹화된 CCTV를 통해서 확인한 바로는, 원고가 사라진 그 시간대에 카페를 나간 손님은 작가님을 비롯해서 단 네 명입니다. 같이 일하시는 에디터 분, 검은 옷의 남자, 그리고 그녀뿐이었죠. 용의자를 넘어 피의자 특정이 가시화되고 있었습니다."

"그중에서 원고를 들고 카페를 나온 사람은 없었어?"

"좋은 질문입니다. 그게 핵심입니다. 수사의 A, 같은 거죠."

"애초에 궁금한 건 그것밖에 없었어."

"조급한 마음인 건 알겠지만, 폴리스 라인을 넘지는 마세요. 이제부터 믿기 힘든 이야기예요. 마치 폴리스 라인을 친 것 같았죠. 말했잖아요. 거짓말 같죠. 현실세계는 늘 허구세계를 압도하니까.

제 말은, 눈을 씻고 CCTV를 들여다봐도, 내 눈을 의심하며 CCTV를 들여다봐도, 원고가 그 카페를 나오지 않았다는 얘깁니다. 어느 누구의 손에도 원고는 쥐어져 있지 않았어요. 아, 미리 얘기하는데 발이나 백 얘기는 할 필요도 없어요. 특히, 작가님이 의심했던 그녀의 손은 그 누명의 무게를 훨훨 털어낼 만큼 가벼웠죠."

"……그래서 수사기록에 쓸 말이 없었던 거야?"

임 순경이 수갑을 만지작거리며 말했다.

"아직 끝나지 않았어요. 계속 들어보세요. 용의자가 몇 명 되지도 않는 상황에서, 누가 봐도 가장 의심스러운 사람은 검은 옷의 남자였죠. 항상 검은 옷에, 검은 모자를 눌러쓰고 돌아다니는 사람. 존재하지만 존재하지 않는 그림자 같은 사람. 누구보다 커피공화국을 자주 찾는 그는, 커피 한 잔만 달랑 시켜놓고, 때로는 주문도 하지 않고 거의 하루 종일 그곳에 있을 만큼 할 일이 없는 사람 같았죠. 하지만 그가 카페를 나왔을 때도, 손에는 아무것도 들고 있지 않았어요. 뭐라도 훔치지 않았을까 기대했지만, 분명 아무것도 없었어요. 실패한 소매치기가 된 것처럼 허탈한 순간이었죠."

"얼마 전부터 내 눈에도 그 사람이 보이기 시작했어. 그리고 항상 궁금했어. 그는 도대체 뭘 하는 사람인지."

"놀라지 마세요. 그는 블랙리스트에 올라 있어요."

"……."

소년이 물었다.

"블랙리스트가 뭐예요?"

"그건…… 그건 말이지…… 요주의자 명단인데, 한마디로 VIP 명단 같은 거야. 국가가 사회에 지대한 업적을 남긴 사람들을 세심하게 관리하는 거지."

임 순경이 답했다. 소년이 받아 적었다.

"뭐, 어찌 됐건 소득이 없었던 것은 아닙니다. 그는 어쩌면 피신하고 있는 것인지도 몰라요. 누가 봐도, 어딜 가도 눈에 띄는 외모잖아요. 그의 남다른 외형을 토대로 경찰 채증 DB를 추적한 결과, 그가 각종 시위 참가로 경찰의 관리 대상에 올라 있는 것을 확인했죠. 시위의 종류도 다양했습니다. 뭐든지 반대로였죠. 농산물 수입 반대, 유전자변형식품 유통 반대, 수중보와 댐 건설 반대, 노후 원전 재가동 반대, 골목상권 침해 반대 등 최근 벌어진 시위마다 나타나는 요주의 인물이었죠. 시위는 주로 주말에 이루어졌는데, 평일에는 어쩐지 잠잠하더군요. 주로 커피공화국에서 책을 읽으며 공부를 하는 것 같았죠."

"이제 보니 이거 아주 악질이구만!"

"왜요? 시위 때문에요?"

"아니, 주말에도 하지 않는 공부를 평일에 한다고?"

"믿기 힘들지만 그렇습니다."

"그 사람은 모델인 걸로 알고 있는데?"

임 순경이 순간 흠칫했다. 예상치 못한 나의 정보력에 놀란 눈치였다.

"……나름 그쪽에서는 촉망받는 모델이었죠. 굳이 저렇게 힘들게 살 필요는 없는, 화려한 스포트라이트만 받으며 살 수 있는 그런 사람, 이었죠. 이젠 모두 과거의 인화로만 기억되겠지만요. 아니, 그런데 어떻게 그런 것까지 알고 계시죠? 혹시 저를 못 믿고 사설탐정이라도 쓰신 거 아닙니까?"

임 순경은 자신이 누누이 강조했던 수사의 ABC를 상기하며 혹시 거기에 자신이 걸려든 것은 아닌지 어리둥절한 기색이었다. 그가 목이 타는 듯 소년의 밀키스를 빼앗아 마시고는 말했다.

"계속 얘기해봐야 입만 아프지만, 에디터의 경우는 그날 검토하지 못한 그 원고를 그대로 놓고 나갔죠. 그건 작가님이 눈으로 직접 봤으니 더 이상 얘기할 필요도 없을 겁니다. 아니, 오히려 그녀가 작가님의 원고를 제발 절도해 가기를 바랐을지도 모르죠. 아무리 가져가라고 해도 좀처럼 원고 채택이 되지 않으니까요. 번외로, 사실 CCTV에 잡힌 사람이 한 명 더 있긴 한데, 아시다시피 개미할머니는 손님이 아니죠. 글을 읽을 줄 아는 분도 아니고요. 그저 늘 그랬듯이 카페에서 발생한 폐품을 들고 나와 리어카에 실었을 뿐이었죠."

소년이 말했다.

"밀키스 한 잔 더 주세요."

나도 속이 타기는 마찬가지였다.

"아니, 하나같이 다 아니라고 하니 아이러니하네. 그러면 도대체 누가 범인이라는 거야?"

"할머니가 목마르실 것 같아요."

소년이 밀키스가 채워진 잔을 들고 지구대 밖으로 나갔다. 나는 임 순경이 마지막으로 남겨놓은 ABC초콜릿의 C를 씹으며 안절부절못했다.

임 순경의 얼굴이 초콜릿 빛깔만큼이나 어두워졌다. 그가 몇 번이나 입술에 침을 발라가며 망설이다 조심스럽게 입을 뗐다.

"마지막으로, 지금까지 언급을 안 한 사람이 한 명 있긴 한데……."

"그게 누구인데?"

"작가님이 잘 아는 분이에요."

"그러니까, 그게 누구야?"

"아니에요. 작가님이 잘 모르는 분이에요."

"그게 무슨 좌측 깜빡이 넣고, 깜빡하고 우회전하는 소리야? 알면서 모르는 사람이 도대체 누구야?"

"자신이죠."

"……."

"그건 바로 작가님이죠."

지구대에서 7년이나 근무한 그는 범죄 스토리텔링에 심취해 있었으나, 이제는 음모론에 기댄 낭설을 쓰는 지경에 이르렀다.

임 순경의 요지는 단순했다. 이 사건을 두고 벌어진 모든 일들은, 내가 재계약의 압박을 이기지 못하고 만들어낸 정신분열의 산물이라는 것이었다. 카페 주변 그 어디에도 원고의 흔적이 없었던 것을 근거로, 내가 애초에 글을 쓴 적도 없으며, 모든 것은 꿈과 상상 속의 세계였다는 식이었다. 웃겨보고자 시작했던 이야기가 비극을 낳았다는 말도 덧붙였다.

이는 피해자를 가해자로 만드는 최악의 수사였다.

내가 숨이 넘어갈 듯한 목소리로 말했다.

"마라톤 완주한 사람이 돌아가실 일이네. 무고한 사람을 무고죄로 보내네."

"작가님, 나는 의심합니다. 그런 원고는 애초에 존재하지도 않았다고요. 없는 걸 있다고 하니 찾으려야 찾을 수가 없지요. 말씀드린 대로 주변 CCTV까지 모두 분석했지만, 평소와 다른 특이한 동향이나 흔적은 없었어요. 이러한 객관적인 사실들마저 부정하실 겁니까? 사건 현장에서는 파리와 모기, 심지어 개미조차 흔적을 남긴다고요. 이제 자기최면에서 벗어나세요. 이 사건은 이미 과학수사의 영역을 넘어섰습니다. CSI나 FBI가 와도 해결불가입니다."

나는 할 말을 잃었다. 그저 한동안의 정적이 내가 가진 모든 말을 대변했다. 더 어이가 없었던 것은, 내가 정말 원고를 쓴 적이 없는지 일말의 의심을 시작했다는 사실이었다.

임 순경은 내가 사적인 용도로 공권력을 남용했다고 생각하면서도 일말의 정을 포기하지는 않았다.

"승진에도 딱히 도움이 안 되고, 증거도 불충분하니 체포하지는 않겠습니다. 아, 그리고 잡지사에서 잘리는 대로 연락하세요. 동사무소 직원 연결해드릴 테니까."

#

"얼른 짐 싸라."

결국 그 모든 노력은 수포로 돌아갔다. 나는《더 위트》10주년 특집호 발행일까지도 원고를 내지 못했다. 그것은 이번 특집호는 물론이고, 다음호에도 원고를 실을 수 없음을 의미했다. 원고는 내 손을 떠나 있었다.

모든 것이 원래 있던 자리로 돌아왔다. 원고는 백지상태로 돌아왔고, 계약은 해약과 한 자리를 바꾸었다. 소속 작가 신분 박탈로 편집장의 비난에서는 피난했지만, 여전히 고통은 귀속되어 있었다. 매미 소리 같던 편집장의 목소리는 모기 소리만큼의 잔상으로 남았다. 작가로서 꿈꿔왔던 무한한 자유는 생활인으로서의 항구적 구속을 의미했다. 방구석에 앉아 우주를 논하고, 문학으로 현실을 극복하려고 했던 것이 어리석게 느껴졌다. 현실은 초월해야 할 그 무엇이 아니라, 함께 가야만 하는 것이었다.

"얼른 짐 안 싸면 네가 짐이 될 거다!"

모든 일은 속전속결로 진행됐다. 불확실성의 증대는 필연 불완전 연소처럼 불안했으나, 일면 또 다른 기회이기도 했다. 풍뎅이는 제주 여행 가이드로 떠나면서 당일에서야 예약을 취소한 고객의 자리를 내게 무료로 제공했다. 속수무책으로 보이는 일정이었으나 수속은 일사천리였다.

필요한 것은 셀프 체크인뿐이었다. 나는 짐을 싸며 내게 불필요한 것들을 이번 기회에 모두 버리기로 했다. 그것은 어렵다면 어렵고, 쉽다면 쉬운 일이었는데, 내게는 버릴 것도 그다지 많지 않았지만, 남아 있는 것은 손에 꼽을 정도였다. 사실상 법정관리 상태였다. 소유하고 있는 것이라고는 자질구레한 잡동사니와 오래된 노트북, 그간 글을 게재했던《더 위트》몇 권뿐이었다. 애초 버릴 물건으로 분류했으나 마지막까지 손에서 떨어지지 않고 있었던 것은, 에디터가 건넸던 독자 편지였다.

풍뎅이가 나를 보며 묵은 감정의 청소부처럼 말했다.

"미련은 뭐 하러 챙기냐? 그냥 버려."

"그동안 얼마나 미련했는지 보려고."

"그걸 굳이 확인해야 하냐? 이젠 블로그는 안 보는 거냐?"

"모든 게 끝나버렸으니까."

"그래, 이제 그만 거기서 나와. 당분간은 아무것도 하지 마. 내가 진짜 세계를 보여줄게."

공항은 한류 스타의 출국장을 방불케 했다. 풍뎅이는 아주머니들에게 여전히 인기 만점이었다. 다른 여행사에서는 그 유례를 찾기 힘든 서비스 정신 때문이었다.

"자, 어머님들. 주목하세요. 새로운 가이드를 한 명 소개하죠. 보다 즐거운 여행을 위해 제가 긴급히 수혈했습니다. 보시는 바와 같이 이렇게 젊고 잘생긴 가이드는 다른 여행사에서는 좀처럼 보기 힘듭니다. 여행 많이 다녀보셨으니 더 잘 아시겠죠. 오늘은 이 깃발 든 친구만 잘 보고 따라오시면 됩니다. 심부름 시키실 거 있으시면 잠시도 주저하지 마시고요."

한 아주머니가 숨이 넘어갈 듯 깔깔대며 말했다.

"다른 건 모르겠는데, 일 시키기에는 정말 부담 없는 외모네!"

"……."

아무것도 안 할 수가 없었다. 그것은 진짜 세계를 보기 전의 연막이었다. 무료인생은 쉽사리 무료할 수가 없었다. 내 손과 어깨에는 이미 옥탑방에서 버리고 온 자질구레한 잡동사니가 쌓여가기 시작했다. 아주머니들은 여행이 아니라 이사를 하고 있었다.

땀이 비처럼 쏟아졌다. 지게를 짊어진 소금장수처럼 짐을 짊어지고 한참을 걸으니 멀리 활주로가 눈에 들어왔다. 잠시 숨을 고르고 활주로를 바라보다 불현듯 영종도 염전에서 일하고 있는 편집장의 모습이 떠올랐다. 말로만 들었던 과거의 이야기가 시간의 경계를 해체하고 내 눈에 투사됐다. 소금이 눈처럼 내렸다. 마치 눈앞에서 보고 있는 것처럼 생생했다.

그는《더 위트》를 만들기 전 10년간 소금을 만들었다. 10년간의 시간강사 생활을 접으며 내린 자발적 선택이었지만, 사실상 사회적 유배에 가까웠다. 아무리 유용해도 끝이 정해져 있는 소모품의 사용기간처럼, 지방대 출신 비주류가 설 자리는 날이 갈수록 줄어들었다. 진정성을 담은 글을 쓰면 쓸수록 외면의 강도는 높아졌고, 삶의 지면에 어두움은 늘어났다.

그의 존재는 그림자 같았다. 없으면 이상하지만 필요하지는 않았다.

운동 삼아 한다고는 했지만 못할 짓이었다. 염전은 광활했다. 작열하는 태양과 짜디짠 해풍은 외면하기보다 온전히 품어내야 하는 것이었다. 매일 밀어내야 하는 것. 밀대로 대패질을 하다가 생긴 만성 근육통은 키보드를 치다가 생긴 손목 통증과는 차원이 달랐다. 정신적 고통이 육체적 고통보다 상위의 개념이라는 것도 먹물의 순진한 착각이었다. 끝이 없는 바다가 그에게는 기약 없는 감옥이었다.

먹먹했지만, 그는 매일 바닷물을 묵묵히 다지며 작가의 꿈을 건조했다. 소금은 수많은 걱정을 억누른 결정이었다.

그가 무슨 생각이었는지 끝까지 알 길은 없었다. 잡지사 직원들의 극심한 반대를 무릅쓰고 비주류인 나와 계약했던 이유. 원래 성격이 불같긴 했지만, 유독 나에게 더 엄격했던 이유. 행여나 불투명한 바닷물에 지나지 않는 내가, 눈처럼 하얗고 흙처럼 진한 맛을 내는 소금이 되기를 기대한 것처럼.

"짜라짜라 짜짜짜, 짜라짜라 짜짜짜, 무조건 무조건이야."

"자, 어머님들. 흥을 주체 못 하는 건 잘 알지만, 비행기에서 음주가무는 자제해주세요. 얼마 전에도 1만 피트 상공에서 불상사가 있었죠. 승무원의 제지에도 불구하고, 벨트 풀고 좌석벨트도 풀고 술을 마시던 손님이 화장실에 간다고 사라진 겁니다. 비상탈출에 성공한 거였죠. 주님의 품에 안겼고요. 그래서 주의사항이라고 하는 겁니다. 제주도에 도착하면 불타는 관광버스가 기다리고 있으니 조금만 참으세요. 아시죠? 저희 여행사에서는 가격은 입석, 서비스는 퍼스트클래스로 모십니다!"

풍뎅이가 승무원들이 서 있는 비행기 출입문 옆에서 굳이 필요 없는 멘트를 남발했다. 그것은 무안함을 넘어 미안함 때문일 수 있었다. 그는 가이드로서의 직권을 남용하고 있었다.

"아, 으……."

입만 살아 있었다. 손님이 50명이었다. 비행기 입구에 오기까지 내 몸에는 출처도 모를 짐들이 몇 갑절 늘어 있었다. 이동식 거치대 같았다. 크리스마스트리 같기도 했다. 백수 인생의 무게가 걸려 있었다. 손이 백 개라도 모자랐다.

만감이 교차했다. 가벼움과 무거움, 설렘과 불안, 의리와 배신, 유희와 노역…… 그 와중에 손님들은 탑승을 끝마쳤고, 승무원들은 비행기 문을 닫기 위해 움직였다. 나는 하늘을 날기 전 땅만 보고 있었다. 하늘과 땅을 가르는 문턱에 걸려 있었다. 편집장의 말대로였다. 새는 자유롭게 날기 위해 더러운 땅에서 먹이를 찾아야만 했다.

바로 그 지점이었다. 어떤 꿈이 현실과 교차하고 있었다.

멀쩡한 눈에서 눈물이 흐르기 시작했다. 문턱을 넘기 전 눈에 걸리는 게 있었다. 지금의 무게를 생각하면 버리는 게 옳았다. 그조차도 버거웠다. 하지만 끝내 버리지 못한 게 있었다. 풍뎅이는 미련이라고 했다. 그 이름이 계속 마음에 걸리지 않았다면 보지 못하고 그냥 지나칠 뻔했다. 믿기 힘들었지만 분명 빛나고 있었다. 어떤 이야기가 꿈처럼 반짝이고 있었다. 내가 짊어진 모든 무게가 어느덧 가벼워져 있었다.

《더 위트》 10주년 특집호

독자 이벤트 <이름 없는 작은별의 편지>

비행기 출입문 앞에 자리한 선반에는 여러 종류의 일간지와 잡지가 놓여 있었다. 그것이 눈에 들어온 것은 결코 익숙한 잡지 이름 때문이 아니었다. 나 스스로도 존재를 부정해온 이름 없는 독자의 이름 때문이었다.

아무리 봐도 불가능해 보였다.

"도와드릴까요?"

더 이상 손을 쓸 수 없는 내가 딱해 보였는지 승무원은 내 입에 《더 위트》를 물려주었다.

곧바로 비행기 문이 닫혔다. 자리에 앉은 나는 그제야 에디터가 건넨 편지를 펼쳤다.

제 편지가 닿았을까요?

만약 그랬다면, 어떤 편지가 먼저일지, 저는 무척 궁금해요. 심연의 물고기가 하늘을 날듯 《더 위트》 특집호로 전달되었을지, 아니면 늘 그랬던 것처럼 답장 없는 편지로 땅에 버려졌을지.

뜬금없는 얘기, 이상한 얘기, 상상만으로 끝날 얘기일지도 몰라요. 작가님의 글처럼요. 작가님이 이 편지를 건네받자마자 바로 읽는다면, 이 모든 것은 또 달라져 있을 테니까요. 인생은 고정된 결말이 없잖아요. 이야기가 그런 것처럼요. 그런 게 이야기죠.

작가님은 지금 무얼 하고 계시나요?

잘 모르겠어요. 작가님이 한 번이라도 제 편지를 읽은 적이 있는지. 없다면 잘 모르겠어요. 제가 어떤 사람인지, 작가님을 왜 좋아하는지. 잘 모르겠지만 그건 불공평한 거예요. 저는 작가님을 잘 아니까요. 아니라고요? 아니에요. 글은 그 글을 쓴 사람의 내면을 보여주는 거잖아요.

잘 모르겠어요. 하지만 작가님의 답장이 《더 위트》를 통해서든, 편지로든 제게 다시 돌아오기를 바래요. 그렇게 알고 있을래요. 불가능한 일은 아니라고 믿어요. 작가님의 원고가 제 손에 들어온 것처럼요. 하필이면 작가님의 고정 독자인 저한테요.

어떻게 된 거냐고요? 그렇게 묻는 건 의문이라기보다 의심에 가까운 것 같아요. 훔치지 않았어요. 그런데 어떻게 가능하냐고요? 이것 보세요. 그냥 제 손에 들어왔어요. 그냥 주어졌다는 얘기예요. 인생이 그런 것처럼요. 그런 게 인생이죠.

어디서부터 얘기해야 할까요?

그날 저는 여느 날과 마찬가지로 커피공화국에 폐품을 받으러 갔어요. 잡다한 식음료 박스나 헌책 같은 것들이죠. 그런데 커피공화국 사장님과 바리스타분은 자리에 붙어 계시지 않을 때가 많아요. 하늘이 좋으면 구름을 찾으러, 햇살이 포근하면 바람을 찾으러, 어둠이 깊으면 별을 찾으러 나가버리곤 하죠. 무인카페도 아닌데 안하무인식이에요. 필요한 게 있으면 가져가라는 식이죠.

그래서 카페에 아무도 없을 때는 사장님이 모아놓은 폐품들을 가지고 와요. 사장님은 겉모습과는 다르게 배려가 깊은 분이에요. 무서워 보이긴 하지만 절대 멀리할 수 없는 분이죠. 사랑처럼요. 그날도 그렇게 폐품을 가져왔어요. 카페 테이블 밑에 떨어진 종이 더미와 함께 말이죠. 그 원고였죠. 처음 얼핏 봤을 때는 무슨 낙서장인 줄 알았어요. 글을 모르는 제가 봐도 작품으로는 보이지 않았거든요.

아셨나요? 저는 개미할머니예요. 모두가 저의 친할머니를 그렇게 불러요. 그뿐이에요.

매일 독자 이벤트에 당첨되는 꿈을 꿔요. 눈을 뜨고 있을 때만 그려지는 꿈이긴 하지만요. 바쁘게 일하면서도 머리에는 온통 그 생각뿐이에요. 그것은 제 이야기이기도 하니까요. 그동안 혼신의 힘을 다했지만 짧게만 실렸던 작가님의 원고, 그것이 글을 모르는 저의 할머니와 독자인 저를 통해 모두 실리게 되는 거 말이에요. 아이러니한 거죠. 인생이 그런 것처럼요. 그런 게 인생이죠.

오늘 밤은 유난히 하늘에 별이 반짝이네요. 그래서 슬퍼요. 그 별이 빛나니까요. 그 별이 아름다우니까요. 작은 별은 보이지 않으니까요. 작은 별은 존재하지 않는다고 믿으니까요. 작가님의 글에는 늘 느려터진 나무늘보나, 귀가 커서 슬픈 토끼, 울음 많은 고양이가 나와요. 서로 싸우지 않는 약한 동물들이죠. 그리고 저처럼 편의점에서 일하거나 그보다 훨씬 외진 곳에서 일하는 사람들이 나와요. 보이지만 보이지 않는 사람들, 존재하지만 존재하지 않는 사람들 말이에요. 아까 얘기하지 못했죠? 그래서 작가님을 좋아해요.

얘기가 너무 길어졌네요. 이제 좀 공평해진 건가요?
아직 좀 모자라요. 숨기고 싶었지만, 사실 10년짜리 정기구독권도 욕심이 나요. 그동안은 할머니가 가져다주시는, 다시 말해 버려진 책으로만 보아왔으니까.
가능할까요? 잡지사 직원들은 모두 이상하게 생각할 거예요. 독자는 그저 작품을 의뢰하고 싶은 작가에게 시놉시스만 제공하면 되는데, 이미 결말을 제외하고는 작품이 모두 완성되어 있으니까. 어리둥절할 수밖에요.
과연 작품의 제목은 무엇인지, 도대체 누가 이 글을 마무리해야 하는 것인지 말이에요.
답은 편지 뒷장에 있어요. 답장 부탁드려요.

「러블로그」

심연필

편지지의 뒷면. 그것은 잃어버린 원고의 표지였다.

#
반짝 반짝 작은별
아름답게 비치네
동쪽 하늘에서도
서쪽 하늘에서도

반짝 반짝 작은별

아름답게 비치네

얼마나 시간이 지났을까. 강력한 중력이 느껴졌다. 구름이 안개처럼 내려앉았다. 축축한 공기가 귓가를 맴돌았다. 머리가 테이블 위에 달라붙어 좀처럼 떨어지지 않았다. 힘이 들어가지 않았다. 머리와 생각이 따로 놀았다. 시간이 무한대로 분절하고 있었다. 모든 것이 제자리에 멈춘 듯했다.

착각이었다. 그냥 침 때문이었다. 한강이었다.

"이제 그만 일어나세요, 작가님."

"어두워요."

"침침해요."

"눈을 감았어요."

"잠이 들었나요?"

"별이 보였어요."

"슬퍼 보였나요?"

"별이 빛났어요."

"이제 그만 돌아가야 해요."

"이름이 있었어요."

"편집장님이 불렀어요."

"그만. 저는 그 이름이 주는 고통도 다 잊었어요."

"얼마나 고통스러웠으면 잠꼬대를 몇 번씩이나…… 어쨌든 원고 잘 봤어요. 이제 주인공들은 어떻게 되는 거죠?"

"끝난 얘기예요."

"결말이 남았어요."

"이곳은, 어디인 거죠?"

"기억 안 나세요? 이상한 나라, 라고 했잖아요. 커피공화국. 그리고 에스프레소 도피오."

그것은 더블샷이었다.

사실 뭐라도 상관없었다. 일정량 이상의 카페인을 섭취하면 커피가 오히려 수면제로 작용한다는 생각. 그것은 착각에 불과했다. 너무나 당연해서 생각하지 못했던 이유가 따로 있었다. 중요한 것은 카페인의 용량이 아니었다. 독이 될 수 있다는 걸 알면서도 커피를 찾을 수밖에 없었던 상황. 그만큼의 피곤이 녹아 있었기 때문이었다.

에디터가 검은색 뿔테 안경을 벗으며 말했다.

"먼저 일어나요. 원고는 오늘 저녁까지 마감해주세요."

"아까부터 무슨 얘기예요?"

"정신 차리세요. 작가님!"

에디터가 자리에서 일어나 입구 쪽으로 뛰어나갔다. 익숙하게 들어온 그녀의 플랫슈즈 진동소리, 일정한 패턴의 걸음걸이가 공간을 흔들었다. 또렷했다. 시간이 먼지처럼 바닥에서 올라왔다. 그것은 거대한 반전이었다.

그녀는 카페에 들어오는 한 남자와 부딪쳤다.

잠시 정적이 흘렀다. 카페 안을 떠다니던 기억의 편린들이 하나의 형상을 그리고 있었다. 남자의 깊은 눈이 말했다.

"괜찮으신가요?"

"잘 모르겠어요."

"알고 계셨나요?"

"보고 있었어요."

"보고 싶었어요."

"자주 봤으니까."

"커피공화국에서."

"블로그에서."

검은 옷의 남자가 아무 말 없이 카페 안쪽으로 이동했다. 에디터는 눈물이 쏟아질 것 같은 눈을 하고 있었다. 그녀의 눈은 너무 많은 걸 담아냈다. 그녀가 잠시 남자 쪽을 바라본 뒤 문을 열고 밖으로 나갔다.

무뚝뚝하게 커피를 내리던 카페 사장이 카운터 밖으로 나왔다. 그러고는 안쪽 자리에 앉은 검은 옷의 남자를 보며 소리쳤다.

"대통령! 오늘은 왜 이렇게 늦었어!"

노인성 치매가 의심되는 사장에게 내가 심심한 유감의 뜻을 나타냈다.

"눈에 보이지 않는 걸 보라고 하시더니 이제는 환영이 보이기 시작했군요."

"환영해야지. 대통령이니까."

"저 사람이 무슨 대통령이에요?"

"커피공화국의 대표니까 대통령이지."

"뭐요? 그러면, 사장님은 누구세요?"

"나? 누가 날더러 사장이라고 했어? 자네가 사칭했나? 난 단 한 번도 내가 사장이라고 말한 적이 없어. 사장을 나이로만 들지 말고 잘 들어. 난 커피공화국의 2인자야. 바리스타라고! 중력에 순응하는 것이 내 운명이지. 반짝반짝 빛나는 맛, 헤어나올 수 없는 최고의 맛은 내게서 나온다고."

그의 머리는 여전히 빛나고 있었다. 그의 깊은 나이만큼이나 커피는 깊은 맛을 냈다. 에스프레소 추출은 중력이 만들어내는 예술이었다. 그의 인생의 대부분은 중력이 결정하고 있었다. 머지않아 찾아올 삶의 마무리도 그럴 것이었다.

멈춰버린 줄로만 알았던 커피공화국의 시계가 다시 흘러가기 시작했다. 그것은 더 이상 시간을 거스르지 않았다. 중력에 붙들려 있지도 않았다. 세계 8대 불가사의 때문이었다. 마감시간이 다가오고 있었다. 그것은 모든 것을 초월하는 힘을 가지고 있었다.

원고는 내 앞에 있었다. 나는 원고를 손에 꽉 쥐고 뛰기 시작했다.

가슴이 뛰기 시작했다. 그것은 잠들지 않는 것이었다. 가슴이 터질 것 같았다. 그것은 힘들지 않은 것이었다. 가슴이 크게 외쳤다. 그것은 들리지 않는 것이었다. 절대 다시는 손에서 놓지 않을 거라고 말했다. 거친 숨소리 사이로 들려오는 것은 내 안의 소리뿐이었다.

닫혀 있던 문이 열리고 있었다. 환한 빛이 보였다. 눈이 부셨다. 이 우주에서 피할 곳은 없었다. 원고가 공중에 나부꼈다. 찰나의 순간이었다. 시간은 빛이 됐다. 영원한 것처럼 길게 느껴졌다. 원고가 한 장씩 바닥에 떨어졌다.

나는 카페에 들어오는 한 여자와 부딪쳤다.

기억하고 있었다. 세상의 모든 향을 휘발시킨 듯한 건조한 향이지만, 땅에 숨은 별들을 깨우는 사막의 바람처럼 사람을 끌어당기는 향. 그것은 한없이 무향에 가까웠으나 분명한 향으로 존재했다. 오래된 책과 방금 뽑아낸 커피 향이 섞여 비밀한 향기를 내는 이곳에서도 그 향기는 뚜렷했다.

움직일 수 없었다. 그저 떨리고 있었다. 아무 말도 못 하고 가만히 서 있는 내게 그녀가 말했다.

"죄송합니다. 제가 주워드릴게요."

쳐다볼 수 없었다. 볼 것만 같았다. 그녀가 바닥에 흩어져 있는 원고를 한 장 한 장 줍기 시작했다. 멕시코 메뚜기들에게 쫓긴 일, 두바이 사막에서 헤맨 일, 제주도에서 7년 전의 여자친구를 만난 일, 알래스카 오리 때문에 마술을 망친 일, 섬유유연제가 비가 되어 내린 일, 화성 탐사선 이벤트 때문에 우주를 떠돈 일…….

마침내 그녀가 원고의 마지막 장을 내게 건넸다.

"저, 혹시……."

내가 마지막 한 숨만을 남기고 있는 사람처럼 말했다.

"우리가 만난 적이 있냐고요?"

그녀가 안쪽 테이블을 가리키며 말했다.

"혹시 여기 있던 제 편지 못 보셨나요?"

작가의 말

내 인생은 남이 결정한다. 삶의 생성부터 소멸까지. 내가 달려가는 길과, 내가 쥐고 있는 운전대조차 남이 만든 것이다.

주체적이지 못해 하는 말이 아니다. 자존감의 결여도 아니다. 삶을 포기한 것은 더더욱 아니다. 나는 나야, 내 인생은 내가 결정해, 라는 강조가 현실이 그와는 반대라는 선언이다.

현실의 문제. 그것이 문제였다.

늘 극복하려고만 했으니까. 현실을 현실적인 사람들의 부스러기쯤으로 규정했으니까. 현실은 초월해야 할 그 무엇이 아니라, 함께 가야만 하는 것이다. 함께 갈 수밖에 없는 것이다.

있는 그대로 수용하겠다는 얘기가 아니다. 수시로 반대할 것이다. 무시로 반대로 할 것이다. 그 투쟁의 결과가 나를 코미디 문학으로 인도했다. 언어와 언어 사이, 현실과 현실 사이에서 낙차를 만들어내는 것. 쓴 웃음과 환한 눈물을 만들어내는 것. 그리고 사랑하지 못하는 사람들의 사랑이야기.

지금까지의 삶은, 나를 나로서 발견해주는 사람들이 있었기에 가능했다. 나 자신도 모르는 나를 알아봐주는 사람들이 있었기에 가능했다. 나를 나로서 사랑해주는 사람들이 있었기에 가능했다. 너와 내가 있었기에 가능했다.

보이는 것을 드러내지 않는 것
숨은 것에 숨결을 불어넣는 것
너를 너로서 좋아하는 것
나를 나로서 발견하는 것

사랑은 그런 것이다. 그래서 사랑이야기를 쓴다.

내 인생은 남이 결정한다. 하지만 남이 내 인생을 결정할 수는 없다.

내 이야기는, 투쟁은 계속될 테니까.

2018년 5월
우희덕